Ficken und Sterben

Jon Øystein Flink

Aus dem Norwegischen
von Gabriele Haefs

– Anti-Pop –

1. Auflage März 2011

Titel der Originalausgabe: Sex, død og ekteskap

Aus dem Norwegischen von Gabriele Haefs
This translation has been published with the financial support of NORLA
Diese Übersetzung wurde mit der finanziellen Unterstützung
von Norla realisiert
www.norla.no

Lektorat: Metalexis
Satz: nimatypografik

ISBN: 978-3-86608-146-8

Titelbild: www.fotolia.de | full image | preservativo
in einer Bearbeitung von [d]-ligo

Ubooks-Verlag | Wellenburger Str. 1 | 86420 Diedorf
www.ubooks.de

Zuerst schreibe ich den Brief. Ich glaube, ich habe noch nie einen Text nach der Norwegischlehrermethode verfasst, indem ich also zuerst eine Stoffsammlung anlege und danach mit der Hand alles vorschreibe, ehe ich es *eingebe*, es also in meinen Mac tippe. Ich muss aus irgendeinem Grund zugeben, dass sie effektiv ist, diese Scheißprozedur. Wieso bin ich nicht früher auf diese Idee gekommen?

Ich drucke den Brief aus, falte ihn in der Mitte zusammen und stecke ihn in einen Umschlag der Marke *action*. Ich habe noch nicht so ganz kapiert, was das besondere an *action*-Umschlägen ist, aber mein Bürogenosse ist hin und weg davon und hat kürzlich gesagt, dass es keine besseren Umschläge gibt als *action*-Umschläge, deshalb schreibe ich jetzt mit Filzstift auf einen davon sechzehn Großbuchstaben:

WEN IMMER ES ANGEHT: Den Umschlag lege ich gut sichtbar auf den Schreibtisch. Ich nehme die *verdammte Pisshängematte*, die mich über fünfhundert Eier gekostet hat, vom Haken, gehe auf den Gang, ziehe die Bürotür zu – ich habe keinen Nerv zum Abschließen – und dann wandere ich ganz gelassen über den Gang zur Toilette.

Jetzt stehe ich auf dem Klodeckel und werfe das eine Ende der Hängematte über das große Rohr unter der Decke. Dann mache ich einen Knoten in die Hängematte und bilde eine Schlinge, die ich unter meinem Kinn strammziehe. Es ist Mitternacht. Ich glaube nicht, dass sich noch andere in diesem so genannten Bürokomplex aufhalten. Ich habe die Toilettentür abgeschlossen. Ich stelle mir vor, dass man gleich, wenn man entdeckt hat, dass die Toilettentür von innen abgeschlossen ist, und wenn man das im Zusammenhang mit dem Fund des *action*-Umschlags auf meinem Schreibtisch deutet, begreifen wird, dass ich tot dort hänge. Eine Fachperson, die den Umgang mit Leichen trainiert hat, kann kommen und mich herausholen. Niemand soll unnötig traumatisiert werden. Ich habe an alles gedacht. Ich weiß nicht, was im Moment das Schlimmste ist, die Trauer, die Unzulänglichkeit, die Müdigkeit, die Angst ... ich weiß nur, dass ich mich hineinfallen lassen muss.

Ich sehe keinen Grund, noch länger zu warten. Hier soll es enden, in diesem elenden Kackverschlag in der Schleppegrells gate, in dieser jämmerlichen Stadt, die Oslo heißt. Es ist hier übrigens nicht besonders schön. Je mehr ich daran denke, umso unerträglicher kommt es mir vor, dass das letzte, was ich meine Augen betrachten lassen werde, diese gelbe Kotzwand vor mir sein soll. Nein, ich strecke die Hand nach dem Lichtschalter aus und lasse den Raum mit einem Klicken in Dunkelheit versinken.

So, jetzt kann ich sehen, was ich will, ehe ich mich fallen lasse. Ich kann zum Anblick norwegischer Natur vor meinem inneren Auge sterben, vielleicht mit einer feschen Sennerin auf grüner Wiese. Ich sehe sie jetzt, in Sekundenschnelle taucht sie in meiner Fantasie auf, um in diesem letzten Moment meines Lebens mit mir zusammen zu sein. Sie ist übrigens ganz schön drall, ein solides Frauenzimmer, und so leicht bekleidet, dass es an Unanständigkeit grenzt. Einen Namen braucht sie nicht zu haben.

Und dann kann ich mich einfach fallen lassen ... also. Und ich spüre die Tränen fließen. Sie quellen aus meinen Augen wie Stearin aus einem Kronleuchter – und dann denke ich, ach verdammt, Scheiße ... diese Stille kann ich nicht ertragen. Es ist hier vollkommen still, und bald werde ich die widerwärtigen Geräusche meines eigenen Todes hören. Ich weiß nicht so ganz, wie die ausfallen werden, aber sicher wird es ein ugrisches Gurgeln und ein gotisches Schluchzen geben. Und ich bilde mir ein, die Fäden der Hängematte werden auf unfeine Weise knacken. Ich werde wohl kaum sofort tot sein, die Fallhöhe ist nämlich nicht sonderlich groß, und sicher werde ich ziemlich lange baumeln.

Mit anderen Worten, die Todesgeräusche werden mich ins Jenseits begleiten, und auf dieselbe Weise, wie ich nicht wünsche, dass die gelbe Kackwand das letzte ist, was ich betrachte, würde ich mein Leben auch lieber nicht zur Begleitung meines eigenen Todesröchelns verlassen. Ich habe einmal gehört, dass der Kopf eines Hingerichteten, nachdem das Fallbeil der Guillotine ihn abgehackt hat, erst einige Sekunden später sein Leben verliert, so dass der Tote den Boden näher und näher kommen sieht, ehe alles schwarz wird. Wenn ich eine Pistole hätte, könnte ich mir eine Kugel in die Schläfe jagen, aber ich habe keine Pistole.

Was mache ich jetzt eigentlich? Ich soll nicht vom Toilettendeckel steigen und das Licht einschalten. Ich soll einfach *durchhalten.* Aber ich habe mich offenbar entschlossen, schließe die Tür auf, gehe hinaus und schleiche mich durch den Gang zum Büro. Dort drinnen habe ich neben dem Mac-Notebook auf dem Schreibtisch einen iPod und ein Paar Kopfhörer. Ich werde beim Sterben Musik hören, das wird es angenehmer machen, und es besteht keinen Grund, sich einen letzten Genuss im Leben zu verkneifen. Der Umschlag liegt da, wo ich ihn hingelegt hatte, und er sieht aus wie ein böses Omen. Wer diesen Umschlag findet, wird sofort begreifen, dass der einen Selbstmordbrief enthält, denke ich, denn er riecht nach Tod. Und ihn finden wird aller Wahrscheinlichkeit nach mein Bürogenosse. Er wird morgen herkommen, am späteren Vormittag, und er wird zuerst darauf reagieren, dass ich die Tür nicht abgeschlossen habe, vor allem, da mein Mac noch immer auf dem Schreibtisch steht; bei uns ist nämlich schon eingebrochen worden, mehrmals sogar, und wir haben uns beide die Gewohnheit zugelegt, hier über Nacht keine großen Werte zu hinterlassen. Die anderen, die hier Büros haben, sind vor allem bildende Künstler mit einer Menge wertvoller Ausrüstung, die sie nicht jeden Abend nach Hause schleppen können, deshalb sperren sie ihre Büros mit schweren Hängeschlössern ab.

Aber es steht durchaus nicht fest, dass mein Bürogenosse den Brief als erster finden wird. Er kann doch durchaus andere Pläne für morgen haben, und ich weiß ja, dass er sich manchmal tagelang nicht im Büro sehen lässt. Wenn das so ist, wird es wohl meine Verlobte sein, die mich findet. Sie wird mich zuerst vermissen, wird mein Mobiltelefon anrufen, und wenn die Unruhe sie dann packt, wird sie zu meiner Wohnung fahren, wo ich nicht bin. Dann fährt sie zum Büro. Und dann findet meine Verlobte den Umschlag und muss sich als erste diesem Entsetzlichen stellen, das da passiert ist, dass ich, vollständig unerwartet, mir das Leben genommen habe. Dann wird sie es sein, die meine Eltern anrufen muss. Und dann geht der ganze Ärger los, die vielen Dinge, an die ich jetzt einfach nicht denken darf, denn sie lassen alles so verdammt anstrengend wirken, das, was ich zum Glück nicht mehr erleben muss, der Nachklang meines eigenen Todes.

Na ja, das Wahrscheinlichste ist wohl, dass irgendeine Bürokünstlerin morgen kacken oder pissen muss, und dann kriegt sie die Tür nicht auf, und dann kapiert sie, dass irgendetwas passiert ist, und dann geht es von dieser Kante her los. Ich will nicht mehr daran denken. Ich nehme einfach den iPod und schleiche mich zurück zur Toilette, schließe die Tür ab, setze die Kopfhörer auf und schlinge mir die Hängematte sorgfältig um den Hals. Ich schalte das Licht aus, hebe den iPod und überlege, welche Musik ich jetzt laufen lassen will.

Der iPod ist vollgestopft mit Musik. Das erste Dilemma ist, was ich aussuchen soll. Das Natürlichste für mich ist vielleicht Schubert, da er der ist, den ich von allen großen europäischen Komponisten am meisten schätze, egal, welches Genre, welche Epoche. Vielleicht die «Unvollendete»? Ja, die schalte ich ein, da sie zu meinen Lieblingswerken gehört.

Dann bin ich wieder so weit. Aber das Problem bei Schuberts Symphonie in b-Moll, und an sich auch bei etlichen anderen Werken von Schubert, sind die vielen stillen Partien, die es die ganze Zeit gibt. Selbst, wenn ich die Lautstärke ziemlich weit hochdrehe, kann ich es riskieren, dass eine von Schuberts bekannten und ewiglangen Pausen genau dann einsetzt, wenn ich mich fallen lasse, und ich kann das nicht genau wissen, es muss einfach geschehen. Ich bringe es nicht über mich, meinen Fall mit einer langen musikalischen Partie in fortissimo zu synchronisieren. Die Musik soll da sein, konstant, und mein Todesfall soll zu einer gleichmäßigen und vorhersagbaren Musik stattfinden.

Nein, ich kann also doch nicht Schubert nehmen. Es wäre außerdem irgendwie unehrlich, denn ich befinde mich im Moment in keiner klassischen Periode. Ich vertiefe mich derzeit in Volksmusik, und das Vernünftigste ist natürlich, zu der Musik zu sterben, die mich gerade am meisten beschäftigt. Und der Tod ist gerade jetzt. Deshalb halte ich die Schubert-Symphonie an und blättere zu Agnes Buen Garnås weiter. Ich habe vor einer Woche eine Art Best-of-Sammlung von ihr heruntergeladen, mit Namen *Lijla bære blomster i enge.* Es sind reine und feine Lieder aus Telemark, zu Langeleikbegleitung und allen Schikanen, und sie singt einfach wunderbar. Besonders gut gefällt mir ein Lied namens «Tulla», und das lasse ich laufen. Es ist ein langsames, schnurrendes Lied mit einem langen Vorspiel, und endlich höre ich die gute Stimme von Agnes, die schöne Töne mit großer Leidenschaft johlt – es ist klassische Katzenmusik, und ich finde sie wunderbar. Es geht um das Schaf Tulla und um die liebevolle Beziehung zwischen Sängerin und Schaf, und wenn es auch nur in einer überaus übertragenen Bedeutung ist, so kann ich doch sagen, dass der Text für meine Situation relevant ist, dass ich mich *darin wiederfinde,* ich kann mich mit größter Leichtigkeit in den Schmerz hineinversetzen, den Agnes Buen Garnås vermittelt, in einem Lied, das sie aus der Tiefe ihres Herzens vorträgt.

Es klappt. Ich bin zufrieden. Die Musik lässt mich an Frauenzimmer in Tracht und gewaltige Natur in einem urwüchsigen Telemark denken. Ich war kaum je in Telemark, aber es ist diese mythologische Welt, die jetzt in mir Bilder erschafft, unmittelbar, ehe ich mich in den Tod fallen lasse, und dann sehe ich diese Frau wieder vor mir, sie, die vor mir auftaucht, aber die jetzt natürlich ein wenig zu Agnes Buen Garnås in ihrer ganzen Pracht geworden ist, und sie ist angezogen und sie trägt Tracht und sie ist in meinem Alter. Sie hätte eben noch beim Raudalstanz stehen und aus voller Kehle singen können, aber dann hatte sie es plötzlich eilig und ist zu mir auf die Toilette in der Schleppegrells gate gesprungen.

Sie klammert sich an mich, schlingt die Beine um meinen Leib und legt die Arme um meine Schultern, hängt sich an mich und drückt, drückt fester, und sie flüstert mir weinend ins Ohr: Nicht, nicht, nicht! Ich muss mich fast mit Gewalt freimachen. Sie lässt ein wenig locker, hebt den Kopf und sieht mich an, tränenerstickt und verzweifelt. Sie will, dass ich die Hängematte aufknote und mich auf keinen Fall aufhänge. Mir geht auf, dass ich es *ihretwegen* nicht tun soll, dass sie mir das sagen will, dass sie nicht damit leben kann, dass ich mich fallen lasse. Deshalb trete ich sie von mir weg, versetze ihr einen Tritt, der sie gegen die Wand fliegen lässt, denn ich weiß ja, dass sie gar nicht richtig hier ist, und dann schließe ich wieder die Augen. Aber in diesem Moment ist das Lied zu Ende, und der iPod, der auf *random* eingestellt ist, lässt ein überaus munteres Louis-Armstrong-Stück aus den zwanziger Jahren folgen.

Ich muss den iPod wieder in die Hand nehmen und etwas anderes einschalten, aber jetzt fällt Agnes Buen Garnås wieder über mich her. So wie vorhin schon schlingt sie die Beine um meinen Leib, aber jetzt macht sie sich auch am Knoten hinter meinem Nacken zu schaffen, und ich muss den iPod loslassen und versuchen, sie davon abzuhalten. Zugleich startet Louis Armstrong fröhlich und zufrieden in seinem eigenen kleinen potberauschten Jazzhimmel und in meinen Ohren, ein echter Bibabbedido-Frohsinn, der die ganze Situation so komplett idiotisch macht, wie man sich das nur vorstellen kann, und wenn das hier nicht bald ein Ende nimmt, komme ich noch total aus dieser Finsternis heraus, die in letzter Zeit dermaßen in mir wütet. Das wird einfach alles zu blöd.

Ich weiß, dass alles nur in meinem eigenen Kopf existiert. Diese vielen Ablenkungen ... woher kommen die? Ich glaube nicht, dass sie ein Zeichen von oben sind. Ich kann ganz einfach die Kopfhörer abnehmen und den iPod auf den Boden werfen. Und genau das tue ich jetzt. Und wenn die trällernde Agnes Buen Garnås noch weiter meinen Hängeknoten löst, dann schalte ich das Licht wieder ein, so dass die gelbe Kotzwand zu sehen ist, und als ich nachfühle, sitzt die Hängematte noch immer sicher um meinen Hals.

Noch immer brauche ich mich einfach nur fallen zu lassen, und schon kommt die ewige Nacht. Da muss ich eben mit den Gurgelgeräuschen leben – oder eventuell mit ihnen sterben. Da ist ja auch nur recht und billig. Ich kann meinen eigenen Tod nicht in sentimentale Volkslieder einlullen. Ich muss seine auditiven Bizarrerien und seine visuelle Jämmerlichkeit akzeptieren, ich muss ihnen einfach tief ins Auge schauen, denke ich. Jetzt lasse ich mich fallen, denke ich. Jetzt tue ich es.

Und dann löse ich den Knoten, nehme Hängematte und Kopfhörer, gehe ins Büro und reiße meinen Selbstmordbrief in Fetzen, lasse den Blick am Mac hängen, während die Tränen über die Tasten regnen.

Ich komme mir vor wie ein großer verbeulter Eimer voller Kacke, ganz einfach. Ich kann mich selbst nicht ausstehen und schlage plötzlich wild und mit scharfen, heftigen Bewegungen die Faust gegen die Wand.

Ich knalle die Tür hinter mir zu, springe auf mein Weiberrad und rolle durch den Markvei zum Geldautomaten der Nordea-Bank, wo ich all mein Geld abhebe, neuntausend Kronen in Fünfhunderten, und alles in meine Brieftasche stopfe. Ich stehe auf den Pedalen des Weiberrades, und während Unflätigkeiten wie Votze, Schwanz und Teufelsbrut gemurmelt aus meiner Fresse kullern, strampele ich aus Leibeskräften die Thorvald Meyers gate hoch. Das Ziel meiner Fahrt liegt gleich beim Carl Berners plass.

In der Dælengengata, gegenüber dem illegalen Pornoladen, gibt es ein Massageinstitut, und dort will ich hin.

Ich hab keinen Bock, das Rad abzuschließen. Wenn jemand es haben will, dann bitte sehr. Ich reiße die Tür auf und trampele hinein. Als Erstes sehe ich in einer Art Rezeption ein weibliches Wesen, das eine Illustrierte liest. Ich bin absolut nicht verlegen oder unsicher, sondern sage ganz einfach, dass ich eine Massage brauche.

Ohne den Blick ganz von ihrer Illustrierten zu lösen, legt sie mir das «Menü» vor. Hier ist die Wahl zwischen diversen *legalen* Massageangeboten.

Nach einigem Hin und Her entscheide ich mich für eine Massage zu siebenhundert Kronen, ohne weiter darauf zu achten, wie die heißt. Die Dame an der Rezeption sagt, ich könne eventuelle Zusatzdienste mit der Masseuse selbst besprechen, gibt mir einen Bademantel und ein Paar Latschen und zeigt mir den Weg in einen Umkleideraum, wo ich mich ausziehen und duschen kann – danach steckt sie vermutlich ihre Nase wieder in ihre Illustrierte. Ich meinerseits dusche lange und ziehe den Bademantel an. Die Kleider lasse ich liegen, meine Brieftasche dagegen nehme ich mit.

Ich betrete eine Art Wohnzimmer, wo ein nicht übermäßig dünner Heini in den Vierzigern zusammen mit zwei leichtbekleideten und offenbar prostituierten Damen sitzt, die ebenfalls beide um die vierzig sein müssen. Ich nehme dem Heini gegenüber in einem Sessel Platz, und als das eine Frauenzimmer mir eine Zigarette anbietet, sage ich: «Ja, danke», und der nicht übermäßig dünne Heini zieht ein Zippo hervor, an dem meine Zigarette sich gütlich tun darf.

Von allen hirnrissigen Gesprächsthemen, um die eine Unterhaltung in einem Bordell in einer späten Mittwochnacht sich drehen kann, haben diese drei Menschen sich in eine Diskussion über Theater verirrt. Oder ... «Diskussion» ist vielleicht ein etwas zu feierliches Wort für die Beschreibung dessen, was hier vor sich geht, aber jedenfalls führt der Heini das Wort, und er verbreitet sich über ein Erlebnis mit seiner Frau, die ihn kürzlich ins Nationaltheater geschleift hat, um einer Shakespearevorstellung beizuwohnen. Er weiß nicht mehr, welches Stück es war, und er hat keine Erinnerung an den Inhalt. Die einzige Botschaft, die er zu vermitteln versucht, ist, dass Theater – und jede andere mögliche Kunst – Dreck und geballtes Elend ist, das zu nichts anderem taugt, als einen Mann wie ihn in den Schlaf zu lullen, und er nutzt jetzt die Gelegenheit für einige höhnische Kommentare zum Thema norwegische Kulturpolitik, die Millionen von Kronen zur Unterstützung von als Kunst und Kultur getarntem Dreck und Elend ausgibt.

Der Heini schafft es leider nicht, sich der Unterstützung der beiden Frauenzimmer zu versichern, jedenfalls nicht des einen, das sich, wie sich nun herausstellt, mit Bühnenkunst ein wenig auskennt und diese auch liebt. Ich kann nicht behaupten, dass sie leuchtenden Intellekt zur Schau stellte, aber der Enthusiasmus für die Kunst strahlt vorbildlich aus ihr, während sie die Behauptungen des nicht übermäßig dünnen Heinis zurückweist. Und während sie redet, starrt der Heini mich an. Ich sitze stumm in meinem Sessel, rauche und komme mir vor wie ein Stück Scheiße. Ich habe keinerlei Interesse an diesem Gespräch signalisiert, aber in mir sucht er einen Bündnisgenossen für seine Ansichten, vermutlich, weil ich demselben Geschlecht angehöre wie er. Weibergesabbel, denkt er, und er nimmt vermutlich an, dass ich dasselbe denke, dass es typisch *Frau* ist, das Theater zu mögen, die Kunst zu mögen. Und was typisch Frau ist, ist natürlich ein Dreck, ein Blödsinn. Und ich habe zwar kein Interesse an der laufenden «Diskussion», aber ich habe leider eine Meinung und dazu einen politischen Standpunkt.

Als das Frauenzimmer fertig ist, fängt der Mann an, sich über sie lustig zu machen, und das, indem er sich offen an mich wendet, da ich seine armseligen Ansichten unterstützen soll, und da erlaube ich es mir doch gleich, meinen Standpunkt in der «Diskussion» zuzugeben, und ich nehme kein Blatt vor den Mund, um sozusagen eine Art Frieden zwischen den Parteien herbei zu verhandeln. Nein, ich greife zu einigen ziemlich drastischen Ausdrücken, um ihn lächerlich zu machen, um den Abgrund zwischen ihm und mir deutlich werden zu lassen, und um seine Meinungen als so grundlegend idiotisch zu charakterisieren, dass mir nichts anderes übrig bleibt, als den ganzen Heini gleich unter der Überschrift «schwachsinnig» abzuhaken. Das formuliere ich ohne irgendeine Form von Engagement, ich sage es nur so, als hätte ich Zugang zu einer tieferen Wahrheit, die sich dem Zugriff der anderen entzieht. Und da ich mit der Gabe der Beredsamkeit geboren bin, wirkt mein Erguss vermutlich auf die Frauenzimmer und auf den Heini ziemlich tödlich, und das Gesicht des Heinis wird, während ich rede, weißer und weißer. Als ich fertig bin, regt der Heini sich dermaßen auf, dass es ihm fast aus den Ohren raucht. So beleidigt und gekränkt ist er in seiner Heiniseele, dass er aufspringt und mit Hilfe einer gewaltigen Stimmfülle einen Schwall von Verwünschungen in meine Richtung ausstößt, denn er lässt es sich zum Teufel nicht bieten, dass ein Grünschnabel wie ich herkommt und ihn als geistesschwach bezeichnet.

Die beiden Damen machen sich arge Sorgen über die Szene, die sie hier heraufziehen sehen, und die eine – die, die sich so für das Theater begeistert hat – versucht, den Heini zu beruhigen. Da lässt er seine Handfläche mit großer Kraft auf ihr Gesicht auftreffen, und das Frauenzimmer geht zu Boden und fängt an zu jammern. Der Alte wendet sich nun wieder an mich, und jetzt finde er es angebracht, eine Entschuldigung zu verlangen, schreit er, denn wenn ich nicht zurücknehme, was ich gesagt habe, werde er mich eigenhändig kielholen.

Aber ich bleibe bewegungslos in meinem Sessel sitzen und lasse mir den Rauch aus der Nase quellen, und dann sage ich ruhig, der einzige, der sich hier entschuldigen müsse, sei er, und nicht bei mir, sondern bei dem Frauenzimmer, das er zu Boden geschlagen habe. Aber der Heini will sich bei der Scheißtheaternutte nun absolut nicht entschuldigen, und nun gibt er mir noch eine Chance: Wenn ich nicht zurücknehme, was ich gesagt habe, kann ich mit einer guten altmodischen Tracht Prügel rechnen.

Mitten in dieses Drama kommt die Dame von der Rezeption. Ich habe den Eindruck, dass der Heini hier nicht zum ersten Mal so ein großes Geschrei macht, und sie brüllt ihn an, er solle sich beruhigen, sonst werde sie

Mohammed anrufen – wer zum Teufel dieser Mohammed nun auch sein mag –, aber als Antwort darauf knallt der Heini seine Faust voll in die Visage der Frau von der Rezeption, worauf die Frau umsinkt, und er ist so verdammt wütend, dass er wirklich alles niederschlägt, was ihm im Weg steht, und nun sehe ich ein, dass es irgendwann einmal reichen muss, nehme den Aschenbecher, der vor mir auf dem Tisch steht und in dem ich eben meine Zigarette ausgedrückt habe, und knalle ihn so hart ich nur kann auf die Birne des Heinis.

Ehe er zu Boden geht, sieht er mich aus zwei überaus überraschten Augen an, dann liegt er endlich bewusstlos auf dem Boden.

Die beiden niedergeschlagenen Damen sind jetzt wieder auf die Beine gekommen, und jetzt stehen wir alle vier da und starren auf den leblosen Heinikörper hinunter.

Als Erstes denke ich, dass er tot ist, denn ich habe ihm wirklich einen harten Hieb verpasst. Sieh an, jetzt hab ich den Salat und kann mich nur noch auf eine lange Gefängnisstrafe freuen.

Es wird richtig Spaß machen, darüber in der Zeitung zu lesen und meiner Verlobten und meinen Eltern gegenüberzutreten und das alles erklären zu müssen, nicht nur die Tatsache, dass ich eines Mittwochsnachts einen Heini totgeschlagen habe, sondern, dass mir das noch dazu in einem Bordell gelungen ist. Ja, das wird lustig, so ein richtiger Spaß. Gute Arbeit!

Aber dann bewegt der Heini sich. Er ist doch nicht tot, Scheiße, das ist wirklich eine Überraschung. Ich atme auf, als ich sehe, dass er atmet. Eine dicke Beule auf dem Kopf hat er sich wohl geholt, aber das hat der Arsch auch verdient, das nun wirklich. Die Dame von der Rezeption zittert am ganzen Leib, mit spastischen Fingern kettet sie den Heini mit Handschellen an die Wand, und dann gibt sie eine Telefonnummer in ihr Mobiltelefon ein. Sie bittet Mohammed zu kommen und den Heini zu entsorgen.

Ich weiß nicht so recht, was ich tun soll, aber die Dame von der Rezeption ist freundlich und bietet mir etwas zu trinken an. Ich danke und kippe den Whisky hinunter, und dann gibt sie mir ein Glas Wein und weist mich in ein Zimmer ganz hinten auf dem Gang. Sie wird ein Mädchen schicken, sagt sie, und ich gehe über den Gang und in das hinterste Zimmer, schließe die Tür und setze mich mit meinem Weinglas aufs Bett. Es riecht hier nach Rauch, und das Zimmer wird typischerweise nur von rotem und grünem Nuttenlicht erhellt, wie es sich für ein Bordell ja auch gehört.

Und endlich kommt das Mädchen, das zu meiner großen Freude und Überraschung ein Leckerbissen in meinem Alter ist, einen einladenden Schlafrock trägt, und sie ist – auch das zu meiner großen Freude – Japanerin.

Sie tritt neben das Bett und lächelt. Ich sage etwas, irgendetwas, vielleicht «hallo», nur um mich davon zu überzeugen, dass sie Norwegisch verseht, und das tut sie und wie, sicher ist sie adoptiert, denke ich. Sie zieht die Füße aus ihren *Zori*-Sandalen und setzt sich neben mich auf das Bett, bittet mich, den Bademantel auszuziehen und mich aufs Bett zu legen. Ich tue wie mir geheißen, und dann schmiert sie mich mit Feuchtigkeitscreme ein und fängt an, mich zu massieren – mit den Händen, von Kopf bis Fuß, systematisch und das ist alles andere als unangenehm. Sie legt sich auf mich, reibt mich weich und warm, und nach ungefähr einer Viertelstunde fragt sie, ob ich an weiteren Diensten Interesse hätte. Ich frage, was sie zu bieten hat, und sie legt mir das Menü vor, sie kann mich mit den Händen befriedigen, das ist das billigste, oder sie kann Mund und Hände nehmen, was ein wenig teurer ist, und sie benutzt dieses blödsinnige Wort – «befriedigen» –, sie sagt nicht, «dann kann ich dir einen runterholen» oder «dann kann ich dir einen blasen», und wenn ich dann noch ihren Körper anfassen will, muss ich noch mit weiteren Kronen rausrücken – oder ich kann das haben, was man «das ganze Programm» nennt, was mich zweitausendfünfhundert Kronen kosten wird, und die muss sie als Vorschuss haben. Die Brieftasche hat die ganze Zeit im Bademantel gelegen, und jetzt strecke ich die Hand danach aus und nehme dreitausend Kronen heraus, worauf sie mitteilt, wenn ich ihr noch fünfhundert Kronen gebe, kann ich die Nacht mit ihr verbringen und mit ihr machen, was ich will, und nun gebe ich ihr nicht weniger als tausend Kronen zusätzlich, weil ich nicht kleinlich wirken will, und was ich in ihren Augen sehe, ist nicht nur Triumph aufgrund eines schönen Profits, sondern auch Liebe, die reine und große Liebe.

Ich kann mich kaum erinnern, wann ich zuletzt eine richtige Mahlzeit zu mir genommen habe. Der Appetit hat sich mir in letzter Zeit nicht gerade aufgedrängt. Aber nach der überaus romantischen Nacht mit dem adoptierten Mädchen spüre ich, dass ich essen muss.

Mein Weiberrad steht noch da, wo ich es verlassen habe, und deshalb fahre ich nach Løkka hinunter, um ein passendes Frühstückslokal zu finden. Aber ich kann diese verdammten Cafés hier in der Gegend nicht ausstehen, ich habe sie einfach so satt. Gott weiß, wie oft ich in all den verdammten Scheißcafés von Grünerløkka schon Kaffee gesoffen habe.

Nein, ich habe ja immerhin Geld in der Tasche, deshalb fahre ich zur Eventyrbrücke, radele die Torggate hoch und fahre weiter in Richtung Zentrum. Auf Grensen stelle ich das Rad ab und schließe es ab, und dann stapfe ich hinunter zum Grand Café und bestelle ein Bier und ein Butterbrot mit Roastbeef und Remoulade. Am Klavier sitzt ein Typ, der Tin-Pan-Alley-Stücke spielt, und übrigens ist hier ganz schön viel los, vermutlich sind die meisten Hotelgäste.

Von dem Brot wird mir schlecht. Ich kann nur einige kleine Bissen hinunterbringen, aber das Bier tut mir gut. Es ist schon seltsam, aber Alkohol macht mich immer froh, auch wenn die Freude nicht länger vorhält als die Zeit, die ich zum Trinken brauche, und deshalb muss ich gleich noch eine Einheit bestellen, um die Freude aufrechtzuerhalten. Kaum habe ich drei, vier Halbe getrunken, bin ich aber trotzdem nicht mehr froh, nur mürrisch, und da trinke ich weiter, um nicht mehr mürrisch zu sein. Und ehe ich mich's versehe, liege ich besoffen und unglücklich da.

Nein, ich bestelle jetzt nichts mehr. Ich bezahle die Rechnung und gehe. Ich stehe auf Karl Johan. Eigentlich verabscheue ich Karl Johan und alles, was mit Karl Johan zu tun hat, alle Läden und Häuser auf Karl Johan, und alle Leute, die auf Karl Johan unterwegs sind. Ich hasse das Schloss am Ende von Karl Johan, und ich ärgere mich über das Parlament auf Karl Johan, eigentlich über alles, was man von Karl Johan aus sehen kann, sei das nun das Rathaus oder die Nationalgalerie. Das einzige einigermaßen Positive, was sich bei Karl Johan befindet, sind das Nationaltheater und zu einem gewissen Grad der Hauptbahnhof. Ich bringe im Grunde dem Hauptbahnhof eine ebenso große Skepsis entgegen wie dem Parlament, aber der Hauptbahnhof hat den Vorteil, dass man sich in einen Zug setzen und von Karl Johan wegfahren kann, auf diese Weise bekommt der Bahnhof also einen Pluspunkt gutgeschrieben.

Ich hole mein Fahrrad von Grensen und strampele aus der Innenstadt weg. Warum zum Teufel bin ich überhaupt hergekommen? Und was will ich heute eigentlich machen? Ich habe wirklich keine Pläne für diesen Donnerstag. Ich hatte ja vor, heute tot zu sein. Ich war fest entschlossen, dieses jämmerliche Leben zu verlassen, das ich in dieser widerwärtigen Stadt lebe, in diesem sogenannten Land, aber nun bin ich noch immer hier, mit womöglich einer noch größeren Schande, die ich tragen muss, der Schande, mich in letzter Sekunde ans Leben geklammert zu haben. Ich habe es verdammt noch mal nicht geschafft. Muss man das, was ich gestern getrieben habe, als misslungenen Selbstmordversuch betrachten? Wenn ich überhaupt irgendetwas für die größte menschliche Niederlage halte, dann ist das ein misslungener Selbstmordversuch. Damit kann ich nicht leben. Wenn ich mich entschieden habe, dann habe ich mich entschieden. Ich tue, was ich tun muss. Ich habe es gestern nicht geschafft, aber heute ... heute wird alles so viel besser gehen.

Aber wie? Wie kann ich so einfach wie möglich das Leben aus meinem verdammten Wanst vertreiben? Ich kann natürlich von einem Hochhaus springen. Ich kann meine Eingeweide auf Karl Johan verstreuen. Ich kann ganz einfach zum Grand Hotel zurückkehren, mit dem Fahrstuhl nach oben fahren und mich dort aus der Bar stürzen.

Aber mich aus einem hohen Gebäude zu stürzen, ist

nicht mein Stil. Nein, ich werde mir etwas Besseres überlegen müssen. Ich kann mir ein Seil holen, kann mit der U-Bahn zum Sognsvann fahren, auf einen Steg gehen, mir das Weiberrad ans Bein binden und mich dann ins Wasser fallen lassen und auf den Seeboden sinken. Ertrinken soll so angenehm sein, habe ich gehört. Das Gehirn schaltet sich ziemlich schnell ab, und dann kommt ein wunderbarer Rausch und erfüllt mich, ehe der Tod eintrifft. Das kann funktionieren. Es kann sehr gut werden, es kann fast ein wenig poetisch werden.

Nachdem ich Für und Wider ein wenig abgewogen habe, entscheide ich mich dennoch für eine andere Lösung. Das Problem bei den Selbstmordmethoden, die ich mir bisher überlegt habe, ist, dass ich selbst mir den Todesstoß versetzen muss.

Ich habe eine bessere Idee. Ich fahre mit dem Rad zum Youngstorg und dann weiter nach Grønland, durch die Motzfeldts gate vorbei am Botanischen Garten und nach Tøyen. Das Rad werfe ich in ein Gebüsch, und dann gehe ich in die U-Bahnstation, auf den Bahnsteig und bis zum Ende, wo der Tunnel anfängt. Hier sind viel zu viele Leute unterwegs, deshalb muss ich warten. Bald kommt dann die Bahn nach Storo. Leute steigen aus und ein, und jetzt fährt auf der anderen Seite die Bahn nach Østerås ein. Ein Idiot im Rollstuhl brüllt irgendetwas. Auf der anderen Seite stehen einige scharfe Mädels im Bikini. Ich setze mich auf die Bank und warte.

Endlich fahren zwei U-Bahnen fast gleichzeitig vor. Alle Fahrgäste auf meiner Seite steigen ein, und als die Bahnen gefahren sind, sind auf der anderen Seite nur noch drei Leute übrig. Eine Frau mit Kinderwagen schnattert in ihr Mobiltelefon, ein alter Mann starrt ins Nichts und ein Typ in meinem Alter, der eigentlich ein wenig Ähnlichkeit mit mir hat – jedenfalls aus diesem Winkel –, sitzt auf der Bank und liest ein Buch.

Und jetzt muss ich gehen, und zwar sofort, ehe es hier von Menschen wimmelt. Ich versuche, mich so unsichtbar zu machen wie möglich, schleiche mich die kleine Treppe ganz hinten auf dem Bahnsteig hinunter, ohne auch nur ein einziges Geräusch zu machen, dann renne ich mit schnellen, hoffentlich lautlosen Schritten in den Tunnel. Je weiter ich komme, desto schneller renne ich.

Eine U-Bahn donnert auf der entgegengesetzten Fahrspur vorbei und ich presse mich eng an die Wand, um nicht gesehen zu werden. Als es wieder still ist, fange ich an zu laufen, und als ich tiefer in den Tunnel gelange, verschwindet das Licht von der Station Tøyen, und bald sehe ich nichts, ist es ganz und vollständig pechschwarz.

Ich knipse mein Feuerzeug an und spaziere mit ruhigen Schritten tiefer in den Tunnel hinein. Ich muss mir eine passende Stelle zum Hinlegen suchen, am besten vielleicht eine Kurve. Die Bremszeit der U-Bahnwagen ist natürlich lang wie ein Notjahr, aber man kann nie wissen. Wenn ich mich gleich hinter eine Kurve lege, wird der U-Bahnfahrer nicht bremsen können. Er wird nur merken, dass er über etwas hinwegfährt, und dann muss irgendeine Sondereinheit kommen und meine zermatschte Leiche entsorgen. Ich höre noch eine U-Bahn, die in der Ferne vorüberdonnert, und ich lege mich hin, um mich zu verstecken. Schließlich darf niemand mich sehen und der Verkehrskontrolle melden, dass sich im Tunnel ein Irrer herumtreibt. Dann werden sie den gesamten Verkehr anhalten und sich auf die Suche nach mir machen.

Das Geräusch der U-Bahn verhallt und ich nehme meinen Spaziergang wieder auf, den letzten Spaziergang meines Lebens. Ab und zu knipse ich das Feuerzeug an, um mich umzuschauen, aber es sieht überall ganz gleich aus. Immerhin merke ich jetzt endlich, dass ich eine Kurve erreicht habe, und nach einer passenden Anzahl von Metern fasse ich meinen Entschluss: Bis hierher und nicht weiter. Hier soll die Tragödie ihr Ende finden. Ich zünde mir eine Zigarette an und lege mich auf die Gleise.

Das ist nicht sonderlich bequem, deshalb setze ich mich wieder auf. Ich kann mich ja immer noch hinlegen, wenn ich den Zug kommen höre. Ich grause mich so langsam ein wenig vor dem Schmerz, der mir bevorsteht, aber ich tröste mich damit, dass der Tod hierbei viel schneller eintreten wird als beim Erhängen. Vermutlich werde ich in drei Teile geschnitten werden. Wenn ich mich so hinlege, wie ich das eben versucht habe, werden die Zugräder meinen Hals und meinen Unterleib durchteilen. Mein Kopf wird unter die Stromschiene kullern, die Beine werden vermutlich an der Wand hoch hüpfen, während Bauch und Brust unter dem Zug zermahlen werden.

Wieder knipse ich das Feuerzeug an. Die Wände sind grau und uneben. Ich kann sehen, dass die Fahrspur sich vor mir nach links wendet. Jetzt kommt der Zug bestimmt bald.

Alle U-Bahnlinien fahren hier vorbei – glaube ich.

Oder trennen sie sich gerade hier? In welchem Tunnel bin ich jetzt?

Jetzt höre ich einen Zug, der in weiter Ferne losfährt. Bestimmt kommt er hierher.

Kommt er jetzt?

Ich lege mich wieder hin und warte. Verdammt, wie meine Gedanken davonlaufen. Ich muss an einen Popeye-Zeichentrickfilm denken. Als Bluto einsieht, dass Olive ihn nicht haben will, fesselt er sie an die Bahngleise, ich glaube sogar, er nimmt die Schienen als Seile. Auch Popeye bezieht ganz schön viel Prügel von Bluto, aber irgendwann wirft er natürlich eine große Portion Spinat ein, und da kann Bluto uns nur leidtun. Unmittelbar, ehe der Zug Olives hilflosen Körper zerschneidet, steht Popeye da. Er kann sie nicht mehr losbinden, deshalb versetzt er einfach der Lok einen Fausthieb, so dass der ganze Zug in sich zusammenbricht. Der Film endet damit, dass Popeye mit seiner merkwürdigen Stimme «I'm Popeye the sailor man» singt und zweimal in seine Pfeife bläst. Es kann auch sein, dass er ein wenig wiehernd kichert, wenn er damit nicht erst später in seiner Karriere angefangen hat.

Jetzt kann ich die U-Bahn nicht mehr hören. Wann zum Teufel geruht die denn zu erscheinen? Das Osloer Verkehrsunternehmen kann den Fahrplan ja nie einhalten. In welchem Tunnel bin ich denn hier eigentlich? Bin ich in eine Schleife geraten?

Jetzt höre ich auch noch Stimmen. O verdammte Scheiße. Jemand hat mich gesehen! Irgendwer, vielleicht auf der Haltestelle, vielleicht der Fahrer der Bahn, die vorhin hier vorübergefahren ist, er muss das gemeldet haben, und jetzt haben sie hier im Tunnel den gesamten Verkehr angehalten. Es scheint hier mehrere Abzweigungen zu geben. Und in dem anderen Tunnel ist Licht.

Da hat jemand «hallo» geschrien. O verdammt. Sie dürfen mich nicht kriegen. Dann würden sie mich in die Psychiatrie sperren. Das bringe ich einfach nicht. Ich könnte das wirklich nicht aushalten. Woher kam diese Stimme? Von hinten. Ich gehe los, laufe, so leise ich kann. Aber sie sind hinter mir her. Jetzt haben sie mich gesehen. Ich muss die Beine in die Hand nehmen. Ich renne wie ein Irrer. Aber wohin renne ich denn? Hinter mir sind schon jetzt mehrere her, alles Männer, und sie rufen: «Stehenbleiben!»

Aber ich bleibe nicht stehen. Ich will mit keinem Menschen etwas zu tun haben, ich jage tiefer in den jetzt erleuchteten Tunnel. Vermutlich können sie mich sehen, und wenn ich wirklich Pech habe, dann haben sie auch aus der anderen Richtung jemanden geschickt, und dann stecke ich in der Falle. Ich habe keine Ahnung, wohin ich unterwegs bin, aber bald muss ich doch wohl eine neue Haltestelle erreichen, entweder Carl Berner oder ... wie hieß die doch noch gleich? Ensjø? Ja, so muss es sein. Ich war nie ein As im Oslo-Quiz, aber etwas habe ich ja doch mitbekommen. Schließlich wohne ich jetzt bald seit fünfzehn Jahren in diesem Kaff. Wenn ich nur aus diesem verflixten Tunnel rauskomme, werde ich mich bestimmt in Sicherheit bringen können. Aber gerade im Moment will der Tunnel kein Ende nehmen. Ich bin aber trotzdem noch nicht müde. Ich bin gut in Form, vermutlich, weil ich so viel Rad fahre, und ich denke nur ans Laufen. Das Adrenalin blubbert im Nebennierenmark. Zum ersten Mal seit verdammt, verdammt langer Zeit habe ich wirklich das Gefühl, am Leben zu sein.

Endlich sehe ich eine Möglichkeit, eine Tür in der linken Wand. So viel Glück kann eigentlich nicht möglich sein, aber sie müssen ja in diesen endlosen Tunneln Notausgänge haben, falls so ein Tunnel mal evakuiert werden muss. Die Typen hinter mir schreien. Ich fasse nach der Klinke. Die Tür ist offen.

Ich erreiche einen großen beleuchteten Raum. Wenn ich

jetzt noch die Tür hinter mir abschließen könnte, oder soll ich einfach losstürzen? Ich entscheide mich für das Letztere, jage davon, nach oben zu dem, was aussieht wie ein Ausgang. Ich bin schon ein gutes Stück weit gekommen, als ich höre, wie hinter mir die Tür geöffnet wird, aber ich schaue mich nicht um, ich laufe nur weiter, bis ich zum Ausgang komme, ich reiße die Tür auf und setze meine Flucht fort. Ich habe keine Ahnung, wo ich bin, aber ich stürze in ein Wäldchen, bleibe nicht stehen, ich laufe und laufe die unlogischsten Wege, die ich mir nur denken kann, und als ich eine Straßenbahn sehe, springe ich auf und steige schon nach zwei Haltestellen wieder aus.

Danach laufe ich weiter durch einige Seitenstraßen. Ich betrachte meine Flucht erst als beendet, als ich im Mono in der Pløens gate vor einem Halben sitze. Wie ein ausgedörrter Schlucksprecht mache ich mich darüber her, und sowie der Halbe leer ist, bestelle ich noch einen.

Wenn ich an den zurückdenke, der ich war, als ich zum Studium zurück nach Oslo kam, dann schäme ich mich.

Ich ging mehrere Jahre hier umher und liebte Norwegens Hauptstadt. Ich brüstete mich meiner Familie gegenüber damit, wie großartig alles sei hier in der Tigerstadt, mit allen Möglichkeiten, die mir offen standen, mit den vielen Menschen, den kulturellen Angeboten, den vielen Cafés und Bars, diesem ganzen Leben.

Ich hatte Freunde an dem Ort, wo ich geboren und aufgewachsen war, die über Oslo nur Scheiße melden konnten, die sagten, das einzig Positive an Oslo sei die Möglichkeit, diese Stadt zu verlassen.

Ich weiß noch, dass ich mich von solchen Reden zutiefst provoziert fühlte. Sie zeugten nicht nur von Ignoranz und Unwissen, sondern auch von krasser Torheit.

Heute teile ich allerdings genau die Meinung dieser Freunde, nämlich, dass Oslo die Hölle auf Erden sein muss. Wenn ich mich hier im Mono umschaue, möchte ich am liebsten kotzen.

Nicht, dass der Ort, aus dem ich komme, vorzuziehen wäre. Da ist es absolut auch nicht besser. Die Erkenntnis, dass Oslo ein mieses Scheißkaff ist, macht andere norwegische Scheißkäffer nicht besser.

Ehrlich gesagt, finde ich sie ja eigentlich noch schlimmer als Oslo. Und die große Wahrheit hinter allem ist natürlich, dass Norwegen, vor allem natürlich repräsentiert durch *die Norwegische Bevölkerung*, der größte Scheiß ist.

Wenn ich nur aus der norwegischen Gesellschaft austreten könnte, dann würde ich das tun. Ich würde auswandern.

Und warum tue ich das also nicht?

Warum habe ich nicht längst meine Koffer gepackt und bin ganz einfach umgezogen, über die Grenze nach Schweden, in ein Land, das dem leidenschaftslosen Kühlschrank von Land, der Norwegen ist, unbedingt vorgezogen werden muss?

Weil ich, egal, wie weit ich fortgehe, und wenn ich nach Burkina Faso gehe und mich in Ouaga-dougou niederlasse, ich meiner norwegischen Persönlichkeit ja doch nicht entgehen kann.

Ich werde für immer Erinnerungen an norwegisches Leben und norwegische Kultur in mir tragen, ich werde mich an kuschelige Kinderstundentanten und wuschelige Kinderstundenwauwaus erinnern, ich werde für immer geschädigt sein von den norwegischen Literaturdebatten, die sich Sommer für Sommer in diesem unerträglichen Land in den Spalten von *Dagbladet* abspielen. Ich weiß, ich bin kategorisch und töricht zugleich, wenn ich mich so ausdrücke, aber so empfinde ich hier und jetzt, und da werde ich verdammt noch mal unparfümiert und in Großbuchstaben reden.

Ich weiß, wenn ich zu einem Psychologen gehe und reichliche Mengen Antidepressiva einwerfe, dann wird sich auch mir ein Ausweg öffnen. Wenn ich nur gute Ausdauer an den Tag lege und mich durch professionelle Therapie durch die Depression leiten lasse, dann werde selbst ich den ganzen Hass und die Verzweiflung besiegen können, die ich mit mir herumschleppe, und dann werde ich mich zusammen mit meiner Verlobten zu einem vollwertigen, wohlorganisierten Leben in Norwegen niederlassen können.

Apropos, meine Verlobte: Wenn ich jetzt mein Mobiltelefon hervorziehe, das ich gestern Abend auf lautlos gestellt und das ich seit dem misslungen Selbstmordversuch von gestern kein einziges Mal angesehen habe, dann werden mich sicher vom Display her zighundert unbeantwortete Anrufe anschreien.

Und meine Verlobte macht sich ganz bestimmt Sorgen.

Sie ruft mich sozusagen dauernd an, jeden und aber auch jeden Tag, und wenn ich nicht antworte, wittert sie Unheil. Sicher wird sie mich bald als vermisst melden, obwohl wir ja gar nicht zusammenleben. Ich wohne noch immer in meiner Mietswohnung in Bjølsen, während sie ihre Dreizimmer-Eigentumswohnung in Bislet hat, die wir als Ehepaar beziehen wollen, sowie diese bevorstehende Hochzeit überstanden ist, diese Hochzeit, von der ich hoffe und annehme, dass sie niemals stattfinden wird, weil ich nicht mehr lange genug am Leben sein werde.

Ich werde wohl doch mein Telefon anschauen müssen – und richtig, siebzehn unbeantwortete Anrufe, die meisten von meiner Verlobten. Ich werde sie anrufen müssen, um den Brand zu löschen, und natürlich wartet eine wilde Gardinenpredigt auf mich.

Wo ich stecke und warum ich nicht antworte.

Ich sage nur, ich hätte mein Telefon gestern Abend im Büro vergessen und nicht gedacht, dass das so wichtig sein könnte. Das beruhigt sie einigermaßen, aber wo ich jetzt sei. Ich hätte doch nicht vergessen, dass wir heute bei ihrer Tante eingeladen sind? Der Vetter meiner Verlobten wird heute elf, hipp hipp hurra, und ich habe versprochen, mitzukommen.

Und jetzt weiß ich wieder, warum ich es gestern so eilig damit hatte, mir das Leben zu nehmen. Ich hatte das ja gewissermaßen so terminiert, um gerade diesem Fest zu entgehen.

Denn von allen Familien, die ich im Laufe meines Lebens kennengelernt habe, ist die Familie meiner Verlobten die allerschlimmste. Ich hege – mit Ausnahme derer, die meiner Verlobten gelten – nur böse und verächtliche Gedanken über diese verdammte Familie, egal, ob es sich um Eltern, Geschwister, Tanten und Onkel, Vettern und Kusinen, Nichten oder Neffen handelt, ganz zu schweigen von den Großeltern, vor allem dem Großvater, der während des Krieges im Konzentrationslager gesessen hat, den die Deutschen aber leider nicht mehr vergasen konnten. Gerade das betrachte ich als die allergrößte Schandtat der Nazis.

Hier sitze ich in meiner Wohnung in Bjølsen, gewandet in Anzug und Lackschuhe, bereit für das Familienfest, und warte auf meine Verlobte, die mich abholen will, und dabei denke ich, dass das Einzige, was mir in diesem Moment eine Freude machen würde, so ungefähr das wäre, was Pentti Saarikosti in dem Roman «Brief an meine Frau» tut, nämlich sich eine Ratte zu suchen (oder war es eine Maus?) und sie in der Kloschüssel zu ertränken, sie einfach unter Wasser zu halten und das Gefühl zu genießen, dass sie stirbt. Und dann würde ich sie herunterspülen. Jetzt habe ich weder Ratte noch Maus zur Hand – und auch kein anderes Haustier, da ich Tiere überhaupt nicht ausstehen kann. Aber wenn ich ein Tier hätte – und wenn es auch eine Katze wäre –, würde ich es hier und jetzt mit eigenen Händen abmurksen. Dann hätte ich doch etwas, wovon ich zehren könnte. Da meine Verlobte noch immer auf sich warten lässt, gehe ich auf Facebook und sehe nach, ob Mitteilungen für mich eingelaufen sind. Das ist der Fall. Auch wenn ich verlobt und heiratslustig bin, habe ich doch nie ein schlechtes Gewissen dabei, mir eine Geliebte zu halten, und gerade sie hat mir eine Mitteilung geschickt.

Sie ist sieben Jahre älter als ich, arbeitet als Journalistin bei *Klassekampen* und mit einem Dänen verheiratet. Meine Geliebte will wissen, wie es mir geht, da sie seit fast vierzehn Tagen nichts mehr von mir gehört hat, und sie kann außerdem mitteilen, dass der Däne verreist ist und dass sie nichts gegen einen baldigen Besuch hätte. Ich antworte, dass ich vielleicht morgen Abend vorbeischauen kann, obwohl ich wirklich bezweifele, dass ich Lust haben werde. Eigentlich habe ich die Sache ein wenig satt, auch wenn es im Bett fast immer gut läuft.

Wo kann meine Verlobte nur stecken? Ja, es ist nicht so, dass sie mir fehlt, aber sie müsste jetzt hier sein. Ich werde ein wenig Musik einlegen und versuchen müssen, eine der Quizaufgaben auf *aftenposten.no* zu lösen. Ich finde Quiz eigentlich blöd, bin neuerdings aber doch ein wenig süchtig danach. Das habe ich natürlich als Krankheitszeichen betrachtet – und ja, das tue ich noch immer.

Aber sieh mal hier: «Was wissen Sie über Opern?» Ich klicke mich ein. Wie wird der Text zu einer Oper genannt? Antwort: Libretto, und nicht Fellatio oder Oratorium. Wer hat «La Traviata» komponiert? Verdi! Auf welchem Roman basiert «La Traviata»? Auf der «Kameliendame». Nein, «Carmen» ist nicht von Mozart, sondern von Bizet. Wagner ist der Mann hinter dem «Fliegenden Holländer» und die Arie «Nessun Dorma» stammt aus der Puccini-Oper «Turandot». Die Oper von Sydney wurde von einem dänischen Architekten entworfen. Kirsten Flagstad war die erste Leiterin der Norwegischen Oper, aber an den Namen des Reeders, mit dem Maria Callas herumgevögelt hat, kann ich mich nicht erinnern. Ich bekomme neun von zehn Richtigen, und der Reeder hieß laut Auflösung Aristoteles Onassis. Klar, das musste ja der alte Trottel sein! Wie armselig und sinnlos das alles ist. Was für ein Leben! Und jetzt ruft meine Verlobte an, sie wartet vor dem Haus.

Ich küsse sie, als ich mich anschnalle, dann fahren wir zur soliden Villa von Tante Sissel und Onkel Ragnar in Tåsen.

Wenn ich mir die Sache nur anders überlegt hätte, damals mit zwanzig, dann wäre ich vom Haschkonsum meiner Jugend schrittweise zu stärkeren Stoffen weitergegangen, und dann könnte ich heute ein glücklicher Heroinjunkie sein und mir bliebe diese verdammte Familiengesellschaft erspart, die uns jetzt bevorsteht. Ich habe Junkies immer schon beneidet. Sicher geht es denen die meisten Zeit dreckig, aber es verlangt ja auch niemand, dass sie überschäumender Laune sind. Sie dürfen mit hängendem Kopf herumlungern und ihr großes Nein zur Welt kundtun, und wenn sie endlich ihren Schuss kriegen, vergessen sie den ganzen Scheiß und versuchen, einen kleinen Moment lang glücklich zu sein.

Wir werden von Tante Sissel und Onkel Ragnar mit einem strahlenden Lächeln empfangen, und der kleine Rotzbengel, der heute elf wird – hipp hipp hurra – nimmt höflich sein Geschenk in Empfang und packt es sofort aus. Er wirkt nur mäßig begeistert über den Inhalt, aber seine Mutter zwingt ihn, höflich «tausend Dank» zu sagen. Meine Verlobte beginnt sofort ein überaus höfliches Gespräch mit ihrer Tante.

Ich muss zugeben, dass auch meine Verlobte arge Schwierigkeiten im Umgang mit ihrer Familie hat. Sie ist natürlich ein natürlicher Teil der ganzen Bande, aber sie weiß sehr gut, dass ich mich auf diesem Fest überaus unwohl fühle. Ich glaube nicht, dass sie die Ausmaße meines Unwohlseins erfasst, aber eine gewisse Ahnung hat sie doch, und ich habe mir erlaubt zu verlangen, dass wir gehen, sowie das höflicherweise möglich ist.

Von mir aus können wir gern als Erste gehen, aber wenn das schwierig ist, dann auf jeden Fall als die Zweiten.

Alle Gäste sind noch nicht gekommen. Vermisst werden noch die Eltern und Großeltern meiner Verlobten sowie zwei weitere.

Ich hätte jetzt gern einen Ohrensessel, in dem ich mich versinken lassen könnte, wo ich in aller Ruhe sitzen und diese grauenhafte Vorstellung verfolgen könnte, bei der jetzt zum ersten Akt geläutet wird, aber hier gibt es keine Ohrensessel, es gibt nur minimalistische und unbequeme Möbel aus teuren Läden im Westend. In dieser Familie hat man übrigens die Angewohnheit, dass man wie die Blöden auf seinen Füßen steht, bis die Hausfrau uns am Tisch Platz nehmen lässt. Also stehe ich hier, zusammen mit diesen Dusseln, und wirke selber wie ein Vollidiot, und ich sehe und höre mir das Gelaber über den elften Geburtstag des Balgs an – hipp hipp hurra.

Und nun kommen endlich die Eltern meiner Verlobten. Sie kommen mit allen Schikanen, laut und beladen mit Kuchen, belegten Broten und Gott weiß was, gewandet in Pelzmäntel und baumelnde hässliche Juwelen zu vielen tausend Kronen. Und auch die Großeltern meiner Verlobten sind mit von der Partie, unter anderem der Opa, der im Krieg im Konzentrationslager gesessen hat, und als sie mich entdecken, wird umarmt und geherzt, denn ich bin doch der angehende Gatte ihres kleinen

Mädchens, und sie finden es ungeheuer wichtig, mit mir zu sprechen und mir kilometerlange Geschichten über ihre Leben zu erzählen. Alle diese Geschichten sind unerträglich und in mir krampft sich alles zusammen, aber das Allerschlimmste ist, wenn der Großvater anfängt, sich über seinen Aufenthalt in Sachsenhausen zu verbreiten.

Immer wenn wir uns sehen, nervt er mich mit dem verdammten Sachsenhausen, so, als ob die ganze Weltgeschichte sich um dieses eine elende Lager in Oranienburg drehte. Aber wenn ich ehrlich sein soll, ist der Vater meiner Verlobten auch nicht besser, auch er labert mich mit trostlosen Geschichten voll, gern mit einer humoristischen Pointe, die in Wirklichkeit zutiefst deprimierend ist, zu der ich mir aber aus purer Höflichkeit ein Lächeln und ein Kichern abwürgen muss.

Es sind immer dieselben Geschichten. Sie sind entsetzlich. Und jetzt geht es los.

Mein angehender Schwiegervater ist neben mich getreten und erzählt eine unverdauliche Geschichte, die ich schon siebenhundertneunzig Mal gehört habe, aus seiner Studienzeit, und sein Vater, der Großvater meiner Verlobten, steht gleich neben uns und hört zu, und ich sehe, dass er vor Ungeduld, eine Konzentrationslagergeschichte loswerden zu können, von einem Fuß auf den anderen tritt. Ich weiß nicht, was ich machen soll. Die Sache wird auch dadurch nicht besser, dass die unbegabten Eltern des Geburtstagskindes, da das hier ja eine Geburtstagsfeier für einen Elfjährigen ist, ein alkoholfreies Fest angesetzt haben. Mir werden zwar Limonade und Mineralwasser angeboten, und ich muss zwangsläufig dankend annehmen, aber das Einzige, was diese Situation ein wenig erträglicher machen könnte, wäre ein ausreichend starker Drink.

Diese Familie, in die ich mich unseligerweise verirrt habe, besteht ausschließlich aus Naturwissenschaftlern. Alle mit höherer Ausbildung in diesem Raum, mit Ausnahme meiner selbst und meiner Verlobten, sind Ingenieure, Mathelehrer und Zahnärzte, keiner von ihnen glaubt an Gott und alle haben den Hintern knallvoll mit Geld. Diese Familie schwimmt dermaßen in Geld, dass sie im Laufe der Zeit auch tiefe Verachtung und Ablehnung für alles entwickelt haben, was nach Armut riecht, und in diese Verachtung beziehen sie auch alle ein, die andere Leben leben als sie.

Diese Familie rassistisch zu nennen, wäre die große Untertreibung des vergangenen und des jetzigen Jahrhunderts, und obwohl ich davon überzeugt bin, dass die Männer ebenso mit blöden Vorurteilen vollgestopft sind wie die Frauen, sind es doch vor allem die Frauenzimmer, die mich immer wieder damit unterhalten, dass sie ihren Rassismus an die Oberfläche kommen lassen.

Die ganze Zeit höre ich Bemerkungen und Kommentare mit groben rassistischen Untertönen, und die Einzige, die diesen entsetzlichen Rassismus daran hindert, in voller Blüte auszuschlagen, ist meine Verlobte. Sie ist der einzige anständige Mensch in dieser Versammlung – mich inbegriffen, denn ich halte mich nicht für einen anständigen Menschen, auch wenn ich auf ganz andere Weise unanständig bin als diese Leute hier. Meine Verlobte als die gute Humanistin und Ethikerin, die sie ist, ist in jeder Hinsicht anständig. Und sie kann mit ihrer intellektuellen Autorität und ihrem Widerspruchsgeist die allerwiderlichsten rassistischen Reden eindämmen. Aber ich wage kaum, mir vorzustellen, was hier gesagt wird, wenn meine Verlobte nicht anwesend ist. Dass sie sich nicht schon längst vollständig mit dieser Familie überworfen hat, ist mir ein Rätsel. Und ja, sie schämt sich und hasst ihre Familie in vielfacher Weise, aber zugleich hat sie auch diese irritierende Liebe zu diesen Menschen, die sie erschaffen und erzogen haben. Ja, es ärgert mich, aber ich kann nichts daran ändern.

Jetzt, endlich, nachdem ich drei, vier Anekdoten aus der Studienzeit meines angehenden Schwiegervaters und noch zwei unerträgliche Geschichten aus Sachsenhausen durchlitten habe, verkündet die Gastgeberin, dass wir zu Tisch gehen können. Wir sind insgesamt zwölf Gäste, und ich kann zum Glück, wenn auch nach klug durchdachten Vorbereitungen, mehrere Plätze vom Großvater entfernt landen. Wir müssen natürlich hinter dem Stuhl stehen, bis unsere Gastgeberin «bitte, nehmt Platz» gesagt hat, und dann dürfen wir uns setzen und zugreifen. Meine Verlobte sitzt links von mir, und die stumme dreizehn Jahre alte Schwester des Geburtstagskindes, die Kusine meiner Verlobten, sitzt rechts. Mir gegenüber sitzt meine angehende Schwiegermutter, und neben ihr wiederum sitzt eine alte Vettel mit hässlicher Fratze. Ich weiß, dass ich sie schon einmal gesehen habe, nur kann ich mich nicht an den Namen erinnern.

Und dann sollen wir uns mit Essen versorgen, und das Essen besteht ganz einfach aus Butterbroten. Das hat sich das Geburtstagskind offenbar so gewünscht, denn es liebt Butterbrote so sehr, und obwohl ich seit mehr als vierundzwanzig Stunden nichts Richtiges mehr gegessen habe, wird mir bei dem Gedanken schlecht, diese Brote mit dem ganzen widerlichen auf Mayonnaise basierendem Belag verzehren zu müssen. Zugleich ist es jetzt sehr wichtig für mich, Nahrung zu mir zu nehmen, nicht nur, um mein Gesicht nicht zu verlieren, sondern auch, damit mein Körper nicht vollständig zusammenbricht. Ich lege mir deshalb ein Frikadellenbrot auf den Teller und schaufele ein wenig Salat aus der Salatschüssel, schenke mir einen Schluck Mineralwasser ein und zwinge die Mahlzeit so langsam wie möglich in mich hinein. Als ich fertig bin und meine Verlobte fragt, ob ich noch mehr möchte, antworte ich, ich sei satt. Aber ihre Mutter, die mir also gegenüber sitzt, hat – als die böse Hexe, die sie ist –, alles genau beobachtet und teilt jetzt mit ihrer groben und durchdringenden Stimme mit, ich hätte doch nur ein einziges belegtes Brot gegessen, und der Unterton ihres Kommentars ist: *So geht das hier einfach nicht.* Deshalb muss ich noch ein belegtes Brot in mich hineinzwingen, diesmal eins mit Krebsschwänzen und offenbar viel zu viel Mayonnaise, und in dieses Geschmiere steche ich die Gabel, stopfe es in den Mund und kaue. Ich kann meinen Brechreiz gerade noch verbergen, und nur die stumme Schwester des Geburtstagskindes, die neben mir sitzt, registriert diese Szene. Ich habe den Eindruck, dass sie lächelt.

Endlich schlucke ich den letzten Bissen hinunter und kippe ein Glas Mineralwasser, um den widerlichen Beigeschmack loszuwerden. Und ich werde verdammt noch mal keinen einzigen Bissen mehr essen. Da können sie so viele Schokoladenkuchen auf den Tisch stellen, wie sie nur wollen, ich nehme nur Kaffee. Und außerdem brauche ich bald eine Zigarette, was auch eine ziemliche Aktion ist, denn diese Familie ist alles andere als eine Raucherfamilie. Niemand hier raucht, nicht einmal meine Verlobte. Und obwohl es kein Geheimnis ist, dass ich diese in den Augen der Verwandtschaft durch und durch schändliche Unsitte hege, kommt es mir doch nicht natürlich vor, die Gesellschaft zu verlassen, um draußen eine zu rauchen. Aber, verdammte Votze, ich bin ein Mann von über dreißig, also gehe ich in dem Moment, in dem wir den Tisch verlassen – ich nehme an, es gibt eine Pause, ehe die Kuchen aufgetischt werden –, und zünde mir hocherhobenen Hauptes eine Zigarette an.

Und so geschieht es. Endlich habe ich einen Augenblick für mich. Ich verstecke mich hinter der Garage, für den Fall, dass jemand nach mir sucht, und da stehe ich und genieße meinen lieben kleinen Freund namens Lucky Strike. Ich rauche langsam und genüsslich, und ich drücke die Zigarette erst aus, als ich beim Filter angekommen bin. Und dann muss ich wieder ins Haus gehen, wo weitere Konzentrationslager- und Studiumsgeschichten meiner harren.

Aber als ich in die Tür trete, werde ich von Tante Sissel und ihrer Tochter empfangen, der stummen Dreizehnjährigen, die neben mir am Tisch gesessen hat. Tante Sissel fragt mich jetzt, auf Wunsch ihrer Tochter, ob ich eine Novelle lesen kann, die diese geschrieben hat.

Es sei nämlich so, sagt die Gastgeberin, dass ihre Tochter in der Schule so großartige Norwegischnoten holt, und jetzt hat sie angefangen, in ihrer Freizeit sehr viel zu schreiben. Sie hat sogar eine Novelle für ein Preisausschreiben des Aschehoug Verlags geschrieben, und sie spielt mit dem Gedanken, sie einzureichen. Die Frage ist also, ob ich bereit wäre, die Novelle zu lesen, hier und jetzt, sie zu beurteilen und vielleicht einige Andeutungen über mögliche Verbesserungen zu machen. Die arme stumme Dreizehnjährige steht nur daneben, verlegen und errötend angesichts der ganzen Szene, und das kann ich gut verstehen. Aschehougs Novellenpreisausschreiben? Hab ich nicht kürzlich dazu eine Mail bekommen? Doch, sicher habe ich das. Ich habe zwar noch nie an einem literarischen Preisausschreiben teilgenommen, über so etwas war ich immer schon erhaben, aber solche Mitteilungen landen natürlich in meinem Briefkasten. Wenn ich mich richtig erinnere, besteht der erste Preis aus zehntausend Kronen. Die preisgekrönte Novelle wird in einer Anthologie veröffentlicht, und es wird eine weitere Zusammenarbeit mit dem Verlag angestrebt, mit dem Ziel, einen ganzen Novellenband zu veröffentlichen. Man darf aber nur mitmachen, wenn man noch nichts veröffentlicht hat, und ergo bin ich disqualifiziert.

Ich überlege, ob ich die Kleine, an deren Namen ich mich einfach nicht erinnern kann, fragen soll, ob sie wirklich will, dass ich die Novelle lese, um mich davon zu überzeugen, dass es nicht einfach nur eine von Tante Sissels Wahnsinnsideen ist. Aber dann geht mir auf, dass es natürlich eine von Tante Sissels Wahnsinnsideen ist. Diese schüchterne Dreizehnjährige würde niemals wagen, mich um so etwas zu bitten. Vermutlich hat ihre Mutter sie nicht einmal vorgewarnt. Sie hat ihre Tochter sicher einfach mit auf den Gang gezogen und dann hat sie ganz unerwartet diese peinliche Situation inszeniert. Die arme Kleine. Aber das hier kann ein perfektes Schlupfloch sein. Ich möchte ja viel lieber oben im Kinderzimmer dieser Kleinen sitzen und ihre bestimmt total unbegabte

Novelle lesen, denke ich, als hier unten bei dem Familienfest gefangen zu sein. Deshalb, nachdem ich meine Verlobte informiert habe, folge ich der Dreizehnjährigen nach oben in ihr Zimmer.

Die Novelle bedeckt vier A-4-Seiten und handelt natürlich von Liebe. Es wimmelt von fantasievollen Formulierungen, die von einer jungen Autorin mit Angst vor Klischees berichten. Wenn es etwas gibt, das diese Dreizehnjährige, deren Namen ich jetzt weiß, denn er steht unter dem Titel der Novelle auf dem ersten Blatt, wenn es etwas gibt, das diese Dreizehnjährige von ihrem Norwegischlehrer gelernt hat, dann, dass man in der Belletristik sprachliche Klischees um jeden Preis vermeiden muss. Ich kann mir gut vorstellen, wie sie in der Klasse eifrig aufzeigt, wenn der Lehrer die Klasse fragt, was denn wohl ein Klischee sei, und ich kann mir ebenso gut vorstellen, wie sie stolz am Schreibtisch sitzt und ihre törichten und übertriebenen Formulierungen hervorzaubert.

Die Geschichte als solche ist natürlich todlangweilig. Sie handelt von einem Mädchen, das in einem Haus wie diesem wohnt, in dem ich mich gerade aufhalte, und gerade das finde ich ja gut und richtig. Alles sieht aus nach Friede, Freude, Eierkuchen. Aber dann lernt dieses Mädchen einen Jungen kennen und verliebt sich in ihn. Das Problem ist nur, dass dieser Knabe ein *Geheimnis* hat. Große Teile seines Charakters liegen im Verborgenen, und ich bilde mir ein, dass sie versucht, etwas davon zu erreichen, was Tarjei Vesaas im «Eisschloss» gelingt – die berühmte Eisbergtechnik. Der Autor lässt gewissermaßen eine Menge Informationen aus, von denen der Leser spüren soll, dass sie vorhanden sind, was das Universum und die Personen viel größer macht, als die Worte auf dem Papier zunächst erahnen lassen. Aber wo Vesaas die leeren Räume mit seiner ganz besonderen Poesie füllt, hat diese Dreizehnjährige nur ihre, wie gesagt, überkreativen Formulierungen zu bieten.

Außerdem ist die Novelle nach der Fischformel aufgebaut. Sie hat einen Anfang, der spitz und scharf ist wie eine Hechtschnauze; der Mittelteil ist dicht und etwas wortreich, damit sich das Drama entwickeln kann, und der Schluss hat einen Schwung wie ein Fischschwanz. Aber es muss gesagt werden, dass der Schwung in diesem Schluss eher wackelt wie ein halbtoter Wittling.

Die Novelle hat also einen Wendepunkt, und den finden wir kurz nach der Hälfte. Die Autorin hat also nicht nur den Aufbau der Novelle an sich gelernt, sie kann auch entsprechend verfahren.

Leider wird der Text davon immer noch nicht gut, obwohl damit ihre Spitzennoten im Fach Norwegisch erklärt sind, so wie es auch ihre Talentlosigkeit als wirklich künstlerische Autorin erklärt. Oder, Talentlosigkeit ist vielleicht ein wenig übertrieben. Es ist klar, dass auch diese Kleine, wenn sie das wirklich will, irgendwann eine gute Autorin werden kann, wenn sie hart genug daran arbeitet, aber nichts in dieser Novelle weist daraufhin.

Es kann natürlich sein, dass uns in Norwegen am besten damit gedient ist, wenn wir nicht mit ansehen müssen, wie diese Kleine ein Buch veröffentlicht, wenn sie etwas älter ist, und eine Chance bei Aschehougs Novellenpreisausschreiben hat sie keinesfalls. Gerade das kann ich ihr natürlich nicht sagen, aber meine Gedanken gehen, wie immer, ihre eigenen Wege. So wie sie das immer tun werden.

Als ich fertig gelesen habe und sie gespannt und nervös meine Einschätzung abwartet, beschließe ich, nett zu ihr zu sein.

Ich greife auf meine Erfahrungen als Verlagslektor zurück und komponiere eine mündliche Bewertung, in der ich zuerst alles Positive erwähne, und dann vorsichtig einige negative Punkte anführe, an denen sie weiter arbeiten kann, wobei ich natürlich nicht übertreibe. Ich lobe ihren Sinn für Form und für ihre Fähigkeit, eine Geschichte mit einer Spannungskurve und einem Wendepunkt zu erzählen, und ich lobe vor allem ihre Rechtschreibung, denn das muss ich ihr lassen ... wenn sie nur die vier total falsch platzierten Semikola entfernt, finde ich im ganzen Text keinen einzigen grammatischen Fehler. Erst danach weise ich sie auf die überzogensten Formulierungen hin, die, die sie vermutlich die meiste kreative Kraft gekostet haben, und stelle fest, dass das Ganze ein wenig zu manieriert ausfällt. Als ich danach einige alternative Formulierungsmöglichkeiten dafür anführe, was sie zu sagen versucht, lacht sie nur und notiert eifrig, denn sie begreift wirklich, wie schwerfällig ihre Ausdrucksweise dagegen war. Ich bin fast überrascht davon, wie erwachsen sie diese Kritik annimmt. Als das alles überstanden ist, bezeichne ich die Novelle als feine kleine Arbeit, die sie gern zu Aschehougs Novellenpreisausschreiben einschicken kann, aber ich rate ihr, sich nicht allzu große Hoffnungen zu machen. Wenn sie Schriftstellerin werden will, ist es wichtiger, viele Texte zu schreiben, zu trainieren und zu üben, als sich dem Wettbewerb zu stellen. Literatur ist keine Sportart, sage ich. Ich kenne die Leute, die bei solchen Wettbewerben in der Jury sitzen, und ich bringe keinem von ihnen irgendwelche Achtung entgegen. Aber ich weiß doch, dass sie genügend literarische Erfahrung besitzen, um gerade diese Novelle zu verwerfen.

Ganz am Ende rate ich der Kleinen, sich nicht so mechanisch an die Novellenformel zu halten, die sie in der Schule gelernt hat. Man wird keine gute Autorin, indem man eine vorgegebene Form füllt, eine gute Autorin schreibt in ihren eigenen Formen. Letzteres ist, glaube ich, ganz schön harter Tobak für eine Dreizehnjährige, aber sie nickt eifrig und ahnt in meinen Worten offenbar eine tiefe Weisheit.

Ganz zum Abschluss erinnere ich sie daran, dass alle gute Literatur schreiben können, wenn sie nur wollen, aber das Allerschwierigste ist, negativ zu schreiben, und das wirst du verstehen, wenn du ein wenig älter bist, sage ich ihr: Nur die negative Literatur verdient es, gelesen zu werden.

Die Leute lesen meterweise erbauliche, verführerische und so genannte «gute» Literatur, aber nur die negative, in vieler Hinsicht «schlechte» Literatur hat wirklich ein Lebensrecht, und nur, wenn du diese Literatur anstrebst, kannst du ein zufriedenstellendes Leben als Autorin erlangen.

Letzteres klingt für sie vermutlich wie böhmische Dörfer, und sie macht auch nicht den Eindruck, als ob sie mich verstanden hätte. Aber was weiß ich, vermutlich ist es ja auch nur Unsinn, etwas, das ich sage, um mich wichtig zu machen, oder eine Vorstellung, die ich mir geschaffen habe, um mein eigenes literarisches Projekt zu legitimieren, Aber so ist es, so sehe ich das, und wenn jemand mich um meinen literarischen Rat bittet, dann basiere ich meine Erklärungen auf dieser Einstellung.

Erst jetzt sehe ich in ihrem Bücherregal eins von meinen eigenen Büchern. Hat sie das wirklich gelesen? Das kann ich mir nie im Leben vorstellen, niemals – fast niemand liest, was ich schreibe. Die meisten, die es versuchen, geben schon nach wenigen Seiten auf. Ich habe mich daran gewöhnt. Ehrlich gesagt ist es mir sogar lieber so. Ich habe nicht die Illusion, dass ihnen etwas Wichtiges entgeht. Aber das soll nicht heißen, dass es mich glücklich macht, übersehen, missverstanden und aufgegeben zu werden – der Preis sind Armut, Erniedrigung und Hoffnungslosigkeit.

Wenn ich nur vor diesem elenden Familienfest aus dem Leben gekommen wäre! Jetzt kommt Tante Sissel herein und fragt, wie es bei uns geht, worauf die Tochter antwortet, dass es überaus gut geht und dass ich ihr einige richtig gute Tipps gegeben habe.

Die Mutter fragt mich ganz offen, was ich von der Novelle halte, und ich sage nur, dass sie mir gut gefällt. Die Mutter antwortet mit einem lauten «ja, nicht wahr, glaubst du nicht, dass sie das Preisausschreiben gewinnen kann?», wozu mir gar nichts mehr einfällt, und dann schreit die Vettel, ich höre sie bis hier oben, dass wir herunterkommen müssen, denn jetzt werden wir Kuchen essen und das Geburtstagskind besingen. Wir dürfen ja nicht vergessen, dass ihr Junge heute elf Jahre alt wird – hipp hipp hurra.

Und dann stehen wir da unten mit Kaffee und Kuchen und singen. Oder, genauer gesagt, die Damen singen und ich singe, denn ich bin musikalisch, aber ich bin der einzige Mann, der einstimmt, und deshalb ist mein Bass deutlich aus all den gepressten Alt und Sopranen zu hören. Das arme Geburtstagskind scheint das Ständchen nicht sonderlich zu genießen, aber zum Glück ist es rasch überstanden, und dann steht man da und mampft Kuchen und redet. Ich begnüge mich wie gesagt mit einem Schluck Kaffee, und zu meinem großen Schrecken hat der Großvater meiner Verlobten mich wieder am Wickel, und jetzt erzählt er die Geschichte, wie die Deutschen ihn festgenommen haben, und wie schrecklich es war, seiner Liebsten nicht Lebwohl sagen zu dürfen, ehe sie ihn ins Boot stießen und aus dem Heimatland verschifften.

Wenn der nur wüsste, dass mein Großvater, der aber schon tot ist, auf Seiten der Nazis stand und alle Juden für Schädlinge und Banditen hielt. Fast habe ich Lust, es ihm zu erzählen. Ich fühle mich auch versucht, zu sagen, wenn ich während des Krieges gelebt hätte, dann hätte ich Hitler applaudiert und die Deutschen aufs Allerherzlichste willkommen geheißen, und ich hätte nicht eine Träne vergossen für die blöden Studenten und die albernen Freidenker, die deportiert wurden, aber das alles meine ich natürlich nicht ernst, es wäre eine Provokation aus Lust an der Provokation, und so etwas habe ich noch nie billigen können.

Und jetzt, endlich, kommt der erste Streit. Die Gastgeberin und ihre Mutter sind plötzlich in einen heftigen Wortwechsel verstrickt. Ich habe keine Ahnung, worum es geht, aber ihre Irritation kennt keine Grenzen. Ich habe das schon früher beobachtet und gewusst, dass es kommen würde. Bald werden sie sich gegenseitig aus voller Kehle ankeifen, und noch andere werden sich in die Schlacht stürzen.

Meine Verlobte ist keine, die sich aus diesen obligatorischen Disputen heraushält, und diesmal stellt sie sich auf der Seite der alten Vettel. Jetzt treiben sie die Diskussion auf die Spitze und ich kann nur darauf warten, dass es gehässige Bemerkungen hagelt. Meine Verlobten wird ihre Tante bis zum Gehtnichtmehr heruntermachen, und noch ehe zehn Minuten vergangen sind, wird eine von ihnen weinend aus dem Zimmer stürzen, denn bis dahin werden sich auch ein oder zwei von den Männern einmischen, und dann geht es erst richtig los. Der arme Elfjährige, dessen Geburtstag der Anlass für diese bedauerliche Zusammenkunft ist, sieht aus wie ein weinendes Zigeunerkind, wie er mit seinem Schokoladenkuchen und seiner Limo dasteht. Seine Schwester, die dreizehnjährige Autorin in spe, kämpft auch mit den Tränen, doch nun mischt auch sie sich in den Streit ein. Es muss ihr Debüt als Familienzankerin sein. Sie beteiligt sich nicht an dem eigentlichen Wortwechsel, sondern geht auf ihre Mutter los und bezeichnet sie als eine ganz unmögliche Kreischbase. Sie müsse immer so furchtbar viel Krach machen, schreit die Dreizehnjährige, und Tante Sissels Reaktion lässt nicht auf sich warten. Sie ist ungeheuer provoziert von der Einmischung ihrer Tochter und greift zu den idiotischsten Adjektiven, um diese zurechtzuweisen. Wenn nicht so viele Menschen anwesend wären, würde sie sie schlagen, da bin ich mir sicher. Es ist mir plötzlich ganz klar, ich sehe es vor mir, wie sie ihre Kinder verprügelt.

Sie ist so psychopathisch und so total daneben, die Dame, ich kann mich nicht erinnern, so etwas schon einmal gesehen zu haben.

Jetzt haben sich, mit meiner Ausnahme, sämtliche Anwesenden in die Diskussion engagiert und ich nutze die Gelegenheit, um mich auf eine Zigarette nach draußen zu schleichen. Und als ich mit der Zigarette fertig bin, stecke ich mir noch eine an, und da öffnet plötzlich die dreizehnjährige Schriftstellerin in spe die Tür und kommt zu mir nach draußen. Sie fragt, ob sie von mir eine Fluppe schnorren könne, und ich frage, ob sie schon einmal geraucht habe. Das hat sie nicht, aber ich überlege mir, dass sie schon dreizehn ist, und da ist es jedenfalls höchste Zeit, damit anzufangen.

Sie hustet und würgt nach dem ersten Zug, aber bald hat sie die Sache im Griff. Ich gebe ihr vier Zigaretten und sie bedankt sich herzlich und sagt so ungefähr, dass sie ihre Familie hasse, sie freut sich darauf, älter zu werden und ausziehen zu können. Ich habe ein gewisses Mitleid mit ihr und bin so kühn, die Hand auf ihre Schulter zu legen und sie zu umarmen.

Ich weiß nicht so ganz, wie es passiert, aber dann stehen wir da und knutschen. Ihre Zunge tanzt in meinem Mund und ich lasse sie gewähren. Zuerst antworte ich ein wenig vorsichtig, aber dann gebe ich eine Prise Leidenschaft dazu. Sie schmeckt wirklich super, und sie schiebt die Hand unter mein Hemd und streichelt meinen

Gelegenheit ergibt, dann werden wir noch zulangen, denke ich, setze mich ins Auto und lasse mich zur Wohnung meiner Verlobten nach Bislet fahren. Wir trinken eine Flasche Wein, sehen ein wenig fern, und dann gehen wir ins Bett. Sie will, dass ich sie ficke, und deshalb mache ich das, auf die übliche Weise, indem ich mich auf sie lege und weitermache, bis sie oder ich kommen. So ist unser Sexleben, und eigentlich ist das total okay. Ich kann mir am Ende einen kleinen Orgasmus abringen, und dann ist meine Verlobte eingeschlafen. Ich denke ein wenig an Satan, an seine große, starke und eigentümliche Persönlichkeit, und dann merke ich, wie müde ich bin, und endlich schlafe ich ebenfalls ein, und träume.

Es ist unglaublich, dass das Gemüt an einem Tag in den düstersten Selbstmordmodus fallen und am nächsten in einem kreativen Ausbruch von Dimensionen lostoben kann. Meine Verlobte fuhr früh in die Universität und ich in meine Wohnung in Bjølsen, wo ich jetzt vor meinem Mac sitze und die Siegernovelle in Aschehougs Novellenpreisausschreiben verfasse.

Da ich bereits ein veröffentlichter und etablierter Autor bin, darf ich bei dem Preisausschreiben natürlich nicht mitmachen, aber ich kann meine Novelle ja unter einem anderen Namen einreichen. Aus diesem Grunde muss ich einen Stil anstreben, der nicht typisch für mich ist, und da das nicht so einfach ist, greife ich zu dem unfehlbaren Trick, der Frauen aus Westnorwegen immer literarischen Erfolg garantiert: Ich schreibe die Novelle auf Nynorsk.

Die Hauptperson ist ein namenloses Mädel von sechzehn, sie wohnt in Balestrand in Sogn og Fjordane. Ihr Vater ist ein pädophiler Pastor in der Pfarre Tjugum (aber er vergreift sich nur an kleinen Knaben); die Mutter ist Hausfrau, ahnt nichts von den perversen Neigungen des Gatten und hat deutlich psychopathische Züge. Über diese Faktoren hinaus findet der Text seine Form so, wie das bei allen meinen Texten passiert, indem ich einfach schreibe und schreibe, bis ich an einen Wendepunkt gelange. Ich kümmere mich nicht nennenswert um traditionellen Aufbau, aber einen Wendepunkt muss ich eben doch haben, und der soll am liebsten ganz entsetzlich sein. Und als ob das noch nicht genug wäre, so lote ich auch in der Tiefe der Novelle, als ich Thema und Motiv der Handlung festlege. Die Hauptperson hat ein Projekt, das sie gern durchführen will, aber mit dem sie dermaßen verunglückt, dass das Ergebnis einfach fatal ist. Als ich fertig bin, muss ich den Text noch einmal gründlich durchgehen und alle Ragnar Hovlandschen Wendungen tilgen, die in junger weiblicher Nynorskprosa so gern auftauchen. Und dann stehen nur noch die Korrekturen aus.

Es ist halb sechs Uhr abends, und ich habe sicher siebenhunderttausend Zigaretten geraucht und neunzehnhundert Tassen Kaffee getrunken. Für die Korrekturen brauche ich noch einmal zwei Stunden, denn ich muss die ganze Zeit im Nynorskwörterbuch nachsehen und alle a-Endungen überprüfen. Als ich endlich fertig bin, drucke ich die Novelle in vier Exemplaren aus und stecke alles in einen großen Briefumschlag. Auf ein Blatt Papier schreibe ich Namen einer Frau aus Balestrand, den ich aus dem Telefonbuch gefischt habe, und ich notiere mir ihren Namen (Gunnhild Nilssen) und ihre Adresse, stecke die Novelle dann in einen kleinen Umschlag, stecke den kleinen in den großen, klebe diesen zu und schreibe Aschehougs Adresse darauf. An Gunnhild Nilssen schreibe ich eine Karte, auf der ich sie auf ihren Eintritt ins literarische Norwegen vorbereite. Ich verrate nicht, wer ich bin, sie kann in ihrem Leben sicher ein paar Mysterien brauchen. Ich kaufe bei 7-Eleven Briefmarken und werfe Brief und Karte in Sagene in einen roten Briefkasten. Danach telefoniere ich mit meiner Verlobten und sage, dass ich den ganzen Abend schreiben werde, während ich in Wirklichkeit zu meiner Geliebten gehe und bis zur Gehirnerweichung vögele usw.

Und dann fangen die Tage an zu vergehen. Ich arbeite an jedem einzelnen Tag wie ein Besessener und finde nie Ruhe, bin dauernd in Bewegung. Ich pflege die Beziehung zu meiner Verlobten und ich bin viel auf der Piste und trinke mit Freunden. Wenn ich vormittags erwache, setze ich mich an den Mac und schreibe zwei Stunden lang. Der Appetit kehrt jetzt zurück. Der Ministerpräsident ist noch immer derselbe, aber ich kann mir nicht vorstellen, dass er noch sehr lange an dem Posten kleben wird. Ich wage mich sogar ins Literaturhaus, wo ich Kollegen und Bekannten aus der Verlagswelt begegne, und die sind fast alle tüchtig darin, mir Bier und Wein auszugeben. Ich nehme die alte Gewohnheit wieder auf, mir vor dem Schlafengehen eine Tüte reinzuziehen, und ein seltenes Mal mache ich das zusammen mit meiner Verlobten. Danach experimentieren wir sogar ein wenig im Bett und ich etabliere einen wachsenden Optimismus, was die bevorstehende Eheschließung angeht. Meine Geliebte erzählt, dass sie und ihr Dänenmann in den Mittleren Osten reisen und fünf Monate dort wohnen werden. Der Stichtag für die Einreichung von Novellen zu Aschehougs Preisausschreiben rückt näher, aber ich nehme an, dass es noch eine ganze Weile dauern wird, ehe der Sieger oder die Siegerin bekannt gegeben werden.

Meine Verlobte und ich verbringen fünf Tage in der Hütte, die der Schriftstellerverband in Tynset besitzt, wo wir am warmen Kamin sitzen und Bücher von Simenon lesen. Ich kaufe mir eine Fliegenrute und hohe Wasserstiefel, stehe in aller Herrgottsfrühe auf, schlendere zur Gammalsvangstjønna und hole köstliche Forellen ein, die ich in einer Pfanne auf dem Gasherd brate. Fast werde ich hier zu einem normalen Menschen. Ich habe zwar nicht viel Geld, aber total abgebrannt bin ich nicht, und immer, wenn ich kurz davor bin, taucht ganz unerwartet ein Tausender oder zwei auf meinem Konto auf, und auf diese Weise halte ich den Betrieb in Gang.

Aber das soll nun nicht heißen, dass ich glücklich wäre. Glücklich war ich nie, und obwohl ich deshalb nicht weiß, was das bedeutet, habe ich eine Vorstellung davon, wie das glückliche Leben aussehen kann, und es sieht ganz anders aus als meins. Leider ist es auch so, dass ich davon überzeugt bin, dass ich das Glück niemals erlangen werde, egal, welche Lebensform ich mir vorstelle, ob ich nun aufs Land ziehe oder die Grundlage meines Lebens radikal ändere, so weiß ich doch, dass mich das womöglich noch unglücklicher machen wird, als ich ohnehin schon bin. Nein, die einzige Medizin gegen die totale Sinnlosigkeit des Lebens ist und bleibt Ablenkung. Ich muss etwas tun, irgendwas, schreiben, trinken, ficken, lesen, nicht, weil mir das stabile Lebensfreude brächte, sondern, weil es mich von der unerträglichen Sinnlosigkeit ablenkt, die meiner Existenz zugrunde liegt, dieser Sinnlosigkeit, die ich niemals füllen werden kann, weder mit Religion noch mit Liebe, denn ich habe keinerlei religiöse Veranlagung und ich bringe es auch nicht über mich, wirklich an die Liebe zu glauben. Meine Lebensanschauung ist so pessimistisch und negativ, dass das Einzige, was mir bleibt, Humor, Lachen und Romantik sind. Jeden Tag gehe ich auf die Pirsch nach einer Dosis Humor, nach etwas, das dermaßen absurd, idiotisch oder intelligent ist, dass ich mich automatisch bei einem Lächeln ertappe. Nur selten breche ich in Gelächter aus, und das irritiert meine Verlobte. Sogar, wenn wir eine überaus witzige Komödie sehen, hört sie nie, wie meine Stimme so wie ihre in unkontrolliertes Gelächter ausbricht. Aber es kann doch vorkommen, dass ich lächele, und wenn dieses Lächeln meinen Mund umspielt, und sei es nur ein einziges Mal am Tag, dann ist dieser Tag gerettet, dann ist mir meine Ablenkung zuteil geworden, und dann kann ich noch einige Stunden des Lebens aushalten.

Mit leichter Verspätung reicht meine Verlobte ihre Masterarbeit über Porphyrios ein, und aus diesem Grund lädt sie all ihre Freunde zu einem Umtrunk ein, der sich zu einer spektakulären Sauferei entwickelt, ehe wir in die Stadt ziehen und uns wie die Affen aufführen. Als wir am nächsten Tag aufwachen, fragt sie, ob ich sie liebe, und darauf antworte ich mit Ja. Sie möchte wissen, was ich an ihr liebe, und ich sage, dass ich alles an ihr liebe. Aber was meine ich mit «alles an ihr», fragt sie. Naja, sage ich, die, die du bist, die, als die du erscheinst, dich ganz und gar. Aber es müsse doch Seiten an ihr geben, die ich nicht liebe, beharrt sie, es müsse doch Minusseiten geben. Aber nein, ich kann an ihr wirklich keine klare Minusseite nennen. Ich liebe sie, weil sie ist, wie sie ist, und auch wenn sie natürlich, wie alle anderen, ihre irritierenden Seiten hat, so sind die so gering und unbedeutend, dass ich eigentlich nie daran denke. Aber was sei mit ihrem Körper, ob ich den liebe? Das ist eigentlich eine schwierigere Frage. Der Körper sei ja nur eine Hülle, sage ich, aber ich betone, dass ich auch ihren Körper liebe, denn ihr Körper ist absolut in Ordnung. Aber der Körper sei ja veränderlich, er werde nicht immer so aussehen wie heute, betont sie. Und auf diese törichte und selbstverständliche Behauptung sage ich nur, dass das auch für meinen und für die Körper aller anderen gelte, dass aber das Besondere an ihrem Körper sei, dass er eben gerade ihrer sei, und *dich* liebe ich in erster Linie, vor dem Körper, sage ich. Nun aber will sie wissen, ob «dich» meine, dass wir Menschen mehr seien als Körper. Und ich sage, rein philosophisch gesehen hätte ich keine Meinung zu der Frage, inwieweit es im Menschen etwas gibt, das nicht nur Körper ist, das nicht im Körper wurzelt, aber wenn ich anfinge, darüber nachzugrübeln, würde ich vermutlich zu dem Schluss kommen, dass der Mensch ausschließlich aus Körper besteht, da ich keinen Beweis für etwas anderes finden kann, aber das bedeutet nicht, dass ich mein Leben nicht leben kann, als ob wir mehr als nur Körper wären, und genau das tue ich, sage ich zu ihr, auch wenn in meinem Inneren ein Licht aufflackert, denn jetzt glaube ich, dass ich sie vielleicht belüge. Hättest du auch eine andere lieben können?, fragt sie, worauf ich antworte, ja, wenn ich ihr nie begegnet wäre, wäre ich vielleicht einer anderen begegnet, und ich sei ziemlich sicher, dass ich diese andere hätte lieben können.

Aber nun sei ich ja meiner Verlobten begegnet und liebte meine Verlobte und also liebte ich sie. Sie fragt, ob ich glaube, es sei vorausbestimmt, dass wir beide zueinander gehören, und da antworte ich, dass ich diese Frage irrelevant finde.

Sie lässt es darauf beruhen und ich gehe duschen. Als ich fertig bin, sitzt sie am Küchentisch und liest die Zeitung, und sie fragt, ob ich eine Tasse Kaffee möchte. Das möchte ich. Ich zünde mir eine Zigarette an, und dann sitzen wir einige Minuten schweigend da. Sie fragt, welche Pläne ich für diesen Tag habe, und ich sage, ich sei ziemlich verkatert, deshalb würde ich wohl alle Pläne aufgeben. Ich frage, ob sie Pläne habe, aber das hat sie nicht, und dann senkt sich wieder Schweigen zwischen uns. Als ich sie frage, ob etwas nicht stimme, ob etwas passiert sei, sieht sie mich ernst an, und dann sehe ich, dass sie gleich in Tränen ausbrechen wird. Aber was ist denn los, frage ich, und dann fängt sie zuerst an zu weinen, wirft die Zeitung hin, und dann erzählt sie mir, dass sie fremdgegangen ist. Sie redet wie eine Besessene. Es ist erst vor ein paar Tagen passiert, sie und ein Kommilitone sind im Bett gelandet. Sie waren betrunken und albern, und dann ist es einfach passiert. Sie beteuert, dass sie nicht in den Typen verliebt ist, und sie bereut bitterlich, dass es passiert ist. Es wird nie wieder vorkommen, sagt sie, und diese ganze lächerliche Szene wird immer abgeschmackter, je länger sie redet.

Es irritiert mich natürlich ungeheuer, mir diese Vorstellung anhören und ansehen zu müssen, und als ich endlich zu Wort komme, mache ich ihr Vorwürfe. Warum zum Teufel erzählt sie mir das? Wozu soll das denn gut sein? Wenn sie in ihn verliebt und entschlossen wäre, mich seinetwegen zu verlassen, dann wäre das ja in Ordnung, aber hier zu sitzen und zu jammern und ihre Sünden auf diese erbärmliche Weise zu bekennen? Nein, also echt, sage ich, und dann erzähle ich ihr, wie richtige Liebende sich zu verhalten haben, und zwar so: Wenn du mit anderen schläfst, dann behalte das für dich.

Ich bin stocksauer und ich werfe ihr vor, dass sie versucht, unsere Beziehung zu zerstören, nicht weil sie mit irgendeinem Scheiß Philosophiestudenten schläft, sondern, weil sie damit zu mir nach Hause kommt und es zu unserer gemeinsamen Angelegenheit macht. Was zum Teufel schert es mich, ob sie einen Typen fickt oder nicht? Alles andere wäre doch verdammt noch mal noch schöner, aber komm nicht her und heul mir was vor, rufe ich. Und nun erst geht mir auf, was ich hier tue. Vermutlich hätte ich auch gleich sagen können, dass ich während unserer Beziehung mit vielen Frauen geschlafen habe, aber dass ich eben gescheit genug gewesen bin, das für mich zu behalten. Und das ist das Einzige, was sie jetzt denkt, und natürlich fragt sie mich gerade danach, als sie endlich den Mund aufmacht. Habe ich mit einer anderen geschlafen? Ich lache über diese Frage. Ob ich mit einer anderen geschlafen habe? Ja, das habe ich, sage ich ruhig.

Mit wem denn?

Ihr Gesicht ist wie erstarrt. Ich kann nicht antworten. Ich werde ihr nicht von meiner Geliebten erzählen, den japanischen Leckerbissen im Massageinstitut kann ich auf keinen Fall erwähnen, und schon gar nicht die Kusine, die dreizehn Jahre alte Autorin in spe, wie sollte das denn aussehen. Ich lasse Stille herrschen, und dann sage ich, was auch zutrifft, dass ich mit einer Kollegin geschlafen habe, einer Schriftstellerin. Ich begnüge mich damit, nur eine zu erwähnen, auch wenn es in Wirklichkeit noch zwei waren.

Mit einer?, fragt sie. Nur mit einer?

Ja, betätige ich. Nur mit einer. Mit wem denn? Ich überlege ein wenig. Ich muss wohl eine in meinem Alter nehmen, eine, die um einiges unter fünfzig ist ... ja, *die* nehme ich. Ich nenne den Vornamen. Meine Verlobte nennt den Nachnamen dieser Autorin.

War sie das?

Ja, sage ich. Das war sie.

Meine Verlobte springt auf und rennt ins Wohnzimmer, kommt zurück in die Küche und knallt das neueste Buch der besagten Dichterin auf den Tisch. Jetzt fällt mir ein, dass ich ihr dieses Buch zum Geburtstag geschenkt habe, und dass wir über dieses Buch diskutiert haben, weil es uns beiden so gut gefiel. Meine Verlobte war einfach hin und weg, sie fand es geradezu grandios. Die hast du gevögelt?, schreit meine Verlobte. Nur einmal, gebe ich zurück, und wir waren betrunken und albern, genau wie du und dieser Philosoph.

Eine Kaffeetasse knallt an die Wand. Mein Hals wird zerkratzt. Die Tür wird zugeknallt. Meine Verlobte ist gegangen. Ich sitze allein hier, in ihrer Wohnung, die unseren Plänen nach auch meine werden soll, wenn wir erst die Hochzeit überstanden haben.

Das Allerschlimmste ist passiert. Meine Verlobte hat mit mir Schluss gemacht, und ich bin einfach am Boden zerstört. Sie war der wichtigste Drehpunkt in meiner Welt. Es war nicht gelogen, als ich gesagt habe, dass ich sie liebe.

Es ist mir total egal, dass sie mit einem Kommilitonen geschlafen hat, aber sie kann offenbar nicht damit leben, was sie «meine alternative Einstellung» nennt. Wenn ich nach meinem Seitensprung (und sie glaubt ja noch immer, dass es sich nur um diesen einen Zwischenfall mit der Dichterin handelt) weinend und reuig zu ihr gekommen wäre, dann hätte sie mir vielleicht verziehen, sie hat ja selbst gesündigt, wie sie gesagt hat, und just dieses Wort hat sie benutzt – gesündigt –, aber meine Einstellung zum Seitensprung als solchem kann sie weder verstehen noch akzeptieren. Sie findet, eine Beziehung, und jedenfalls eine Ehe, solle auf gegenseitigem Vertrauen und totaler Ehrlichkeit aufbauen, nicht auf falschem Spiel und Betrügereien, und je mehr sie sich das überlegt hat, umso klarer ist ihr geworden, dass ihre und meine Wege sich trennen müssen. Und obwohl sie bittere Tränen geweint hat, als sie das klargestellt hat, wollte sie ihre Worte nicht zurücknehmen, und sie hat mich hier in meiner Wohnung verlassen, wo ich jetzt sitze und heule und heule.

Ich kann es ganz einfach nicht aushalten. Zuerst werfe ich alle Untertassen an die Wand, dann folgen die Gläser. Ich achte nur darauf, dass ich meine Kaffeetasse nicht zerbreche, denn von der bin ich ja doch abhängig. Ich lege mich ins Bett, wälze mich dort von einer Seite auf die andere, während ich zwei Minuten lang heulweine, dann gehe ich wieder ins Wohnzimmer und weiß nicht mehr, was ich nun machen soll. Ich öffne eine Flasche Rotwein und kippe den wie Saft. Nach einer Viertelstunde ist die Flasche leer. Und bald darauf liege ich kotzenderweise vor dem Klo auf den Knien.

Ich rufe einen Kumpel an, aber der nimmt nicht ab, und da muss ich eben auf eigene Faust losziehen. Warum zum Teufel habe ich mir kein neues Fahrrad zugelegt? Ich habe es total satt, zu Fuß durch die Stadt zu latschen, und Straßenbahn, Bus und U-Bahn kotzen mich ebenfalls an! Ich winke einem Taxi. Ich bitte den Fahrer, mich zu einem Geldautomaten zu fahren, und dort hebe ich fünftausend Kronen ab. Das ist die Hälfte dessen, was auf meinem Konto stand, und ich bitte den Taxifahrer nun, mich zur Dælenenggate zu fahren. Ich will ins Massageinstitut gehen und nach der Japanerin fragen, die ich Huang getauft habe, um dort einen leidenschaftlichen Fick zu absolvieren, ehe ich auf irgendeine Weise Feierabend mache.

Ich gehe nicht direkt ins Massageinstitut oder Bordell, oder wie zum Teufel man das nun nennen will, ich drehe einfach eine Runde durch die Straße. Wenn jemand mich jetzt überfiele, würde ich das einfach geschehen lassen. Ich würde es genießen. Wenn sie von mir Geld verlangten, würde ich mich weigern, ihnen auch nur einen Öre zu geben, einfach, um eine Reaktion zu provozieren. Wenn sie mit dem Messer herumwedelten, würde ich sie verdammte Negerfressen und miese Arschficker nennen, und hoffentlich würden sie mich dann erstechen. Wenn sie das nicht wagten, würde ich sie als Feiglinge verhöhnen. Ich würde sagen, ihre Mütter seien Nutten und Putzlappen, und ihre Väter hätten eine Frau mit einem Staubsauger verwechselt, als sie geheiratet haben. Aber begegnet mir irgendwer, der mich überfallen möchte? Natürlich nicht. Hier herrscht Grabesstille. Das ist das Schlimmste an Oslo.

Endlich stürzte ich ins Bordell, ich sehe sicher ganz furchtbar aus, und ich frage nach der Japanerin, denn mit ihr möchte ich gern die Nacht verbringen. Die Tusse an der Rezeption ist aber nicht dieselbe wie beim letzten Mal, und mein Auftreten scheint ihr eine Höllenangst einzujagen. Sie sagt, hier arbeiteten durchaus keine Japanerinnen und auch sonst arbeite hier gerade keine, denn heute sei Ruhetag. Ich protestiere und weise daraufhin, dass die Tür offen ist und dass ich nicht zum ersten Mal hier bin. Ihr habt verdammt noch mal nicht geschlossen, schreie ich. Gib mir Huang, sage ich dann, aber die Tusse lässt sich nicht beirren und bittet mich freundlichst, mich hinwegzuheben.

Ich versuche mich zu beruhigen, ziehe die Stimmung auf den Boden und erkläre dann, mit klarer und deutlicher Stimme, dass es mir leidtut, einfach hier hereinzustürzen und loszuschreien. Aber ich war eben neulich schon einmal hier, sage ich, und da hat mich eine wunderbare Japanerin massiert, und die würde ich nun gern wiedersehen. Ich weise darauf hin, dass ich Geld habe, und lege einen Tausender auf den Tresen. Es gibt noch mehr, wo das herkommt, sage ich, aber die Scheißtusse will nichts hören. Wieder fordert sie mich auf zu gehen. Und da werde ich so sauer, dass ich beschließe, um die Japanerin selbst zu finden. «Huang!», schreie ich. «Huang! Wo bist du?»

Die Tusse an der Rezeption johlt los, aber die ist mir scheißegal. Doch dann höre ich plötzlich den Namen Muhammed, und diesmal ist Muhammed nicht einen Telefonanruf weit entfernt, sondern sitzt in dem Zimmer, wo sich bei meinem letzten Besuch der alte Heini und die beiden Nutten über Theater gefetzt haben. Jetzt sitzt Muhammed da und ein junges Mädchen lutscht seinen Riesenschwanz. Er hat die Fresse offen stehen und amüsiert sich königlich, und seine dicken Unterarme sind überall tätowiert.

«Schmeiß ihn raus», kreischt die Tusse von der Rezeption. Muhammed möchte wissen, was ihm das Schäferstündchen versaut. Ich versuche zu erklären, dass ich nach einer Japanerin suche, werde aber von der Tusse hinter mir übertönt, und Muhammed hört nur ihr zu. Ehe ich mich's versehe, hat Muhammed seine Hose hochgezogen und haut mich munter mitten in die Fresse, und schon liege ich auf dem Boden. Ich merke, dass er mich hinausträgt. Ich fliege! Nein, ich knalle auf den Asphalt, die Tür knallt zu und hier bleibe ich mehrere Minuten liegen. Scheiß Mohammed! Scheiß gut!

Geschunden und belebt sitze ich auf dem Bordstein und drehe mir den fettesten Joint meines ganzen Lebens, zünde ihn an und mache mich auf in Richtung Innenstadt. In meinem Kopf wird ein Lied angestimmt. Ein Klavier schlägt einige wehmütige Akkorde an, aber dann landen sie sicher und sauber in einer Tonika. Danach höre ich nur die einfachen Funktionen, aber ich kann mich nicht erinnern, welches Lied es ist, obwohl ich es schon viele Male gehört haben muss. Das Klavier geht eigentlich nur mit Tonika, Dominante und Subdominante, in einem schlichten Muster, ohne dass damit die Rede von einem Zwölftakteblues sein könnte. Ich bilde mir ein, dass über Musik gesprochen werden soll, komme aber nicht darauf, was genau.

Da ich noch immer an meinem Joint nuckele, füllt die Musik jetzt meinen Kopf ganz und gar, und ich weiß, dass ich für Stunden Unterhaltung haben werde. Ich spüre den Schmerz des Schlages, den Muhammed mir verpasst hat, aber der liegt jetzt eher außen auf meiner Haut, und die Kopfschmerzen legen sich nach und nach.

Es sagt ... blip-but ... und mein Gott, wie tut das gut. Jetzt fällt es mir ein, das Lied, es ist verdammt noch mal ganz einfach Kim Larsen, ein richtig altes Stück, aber nicht aus seiner Gasolin-Zeit, glaube ich ... aber ich weiß nicht, es ist Musik, die meine Eltern gehört haben, als ich klein war, und jetzt läuft sie in meinem Kopf auf Wiederholung. Blip-but, und Gott, wie tut das gut, ja blip-but, so wollen wir das, Groß und Klein, ja, blip-but, Gott, wie gut das tut, wir haben, was wir wollen, Groß und Klein. Es dreht sich immer weiter in meinem Kopf, blip-but, was zum Teufel bedeutet das, eigentlich, das muss irgendein dänischer Unsinnsspruch sein.

Ich merke nicht, dass ich durch Grünerløkka und über die Eventyrbrücke gehe, aber als ich im Café Sara pisse, geht mir auf, dass ich eine ziemliche Strecke hinter mich gebracht habe, und außerdem höre ich eine Stimme hallo sagen. Ich kann den Betreffenden einigermaßen unterbringen, irgendein Typ vom Verlag vielleicht, rote Haare und Sommersprossen und grinst wie ein Honigkuchenpferd. Er sagt irgendetwas, das ich nicht begreife, und ich nicke und lächele nur, und aus meiner Fresse kommen auch ein paar Wörter, und dann verschwinde ich und gehe wieder durch die Torggate, während es blip-but sagt und Gott, wie gut das tut, wir haben was wir brauchen, Groß und Klein, und jetzt überquere ich Karl Johan und gehe weiter durch die Kirkegate, vorbei an der Prinsensgate und dann zur Tollbugate. Dort werde ich von afrikanischen Nutten überfallen.

«Sucky sucky mista, you want to fucky fucky», und ich kann mir das Lachen nicht verkneifen. Hier in der Gegend gibt es um diese Tageszeit fast nur Dealer, Nutten und Zuhälter, und dazu den einen oder anderen nicht klassifizierbaren Menschentyp, der aussieht, als ob er Dreck am Stecken hätte. Und fast ohne Unterlass sagt es blip-but, Kim Larsens Stimme singt in meinem Schädel. Ich habe nicht den Eindruck, dass er so bald damit aufhören will.

Jetzt bleibe ich an der Ecke, wo die Kirkegate auf die Rådhusgate trifft, ganz still stehen und höre ganz Dänemarks Kim Larsen. Ich hatte kein Ziel für diesen Spaziergang, und gerade im Moment weiß ich nicht, was ich will oder wohin ich will.

Es kommen weitere Nutten vorbei und wollen mit mir sucky sucky, aber ich gebe mir alle Mühe, sie abzuweisen. Dann kommen verdammt noch mal noch mehr Tussen und ich frage mich schon, ob die entweder schwachsinnig oder taub sind. Nein, nein, nein! No, no, no, sage ich. I'm like you, sage ich, ohne zu wissen, warum ich das überhaupt sage, denn ich bin ja nicht wie sie. No, no, no, wiederhole ich, I'm like you! Vielleicht versuche ich, ihnen zu sagen, dass ich ein Mensch bin – so wie sie – oder dass sie Menschen sind – so wie ich –, woran ich aber eigentlich langsam Zweifel bekomme, denn hier steht, der Teufel soll mich sonst was, noch so eine Negerperson und bietet sich an. Begreifen die in Afrika nicht, was nein bedeutet? No, no, no, no, no, no, sage ich und als sie endlich geht, höre ich in meiner Birne noch mehr blip-but, und dann hält vor mir ein Auto. Hab ich's mir doch gedacht, irgend so eine alte Homosau glaubt, dass ich mir hier verkaufe.

Ich bin von dem dicken Joint dermaßen weggetreten, dass ich zu der Karre gehe und den Kopf hineinstecke. Der Heini in der Karre fragt, ob ich für eine Runde frei sei, und er möchte wissen, was es kostet. Was hättest du denn gern, frag ich, während es blip-but singt, und er will mich in den Arsch ficken. Das kostet den höchsten Satz, sage ich. Er schlägt zweitausend Kronen vor. Soll das ein Witz sein, rufe ich. Viertausend, das ist mein Minimum, sage ich. Der Typ versucht es mit dreitausend und versichert, dass er keinen Öre mehr blechen kann. Dreitausendfünfhundert, sage ich, aber da sagt er, Schluss aus, und will fahren. Okay, okay, sage ich. Wir sagen dreitausend, aber für den Preis muss man vorsichtig sein.

Ich steige ins Auto ein und dann düsen wir los. Wo wollen wir das denn machen?, frage ich. Na, in seinem Hotelzimmer gleich um die Ecke. Allerdings ist hier die Rede von einem schmuddeligen Hospiz in der Skippergate. Ich hatte nicht einmal eine Ahnung, dass es solche Orte gibt. Als wir die Treppe hochgehen, geht mir auf, dass das hier in einem Hotelführer nicht gerade viele Sterne kriegen würde. Sein Zimmer, im sechsten Stock in diesem Nullsternehotel, ist immerhin sauber und das Bett ist ordentlich gemacht. Ich setze mich aufs Bett und zünde mir eine Zigarette an, während es blip-but, und Gott, wie tut das gut sagt, wir haben, was wir brauchen, Groß und Klein. Ich fange an, das Lied laut zu singen, und dann frage ich den Heini, ob er es schon einmal gehört hat, und das hat er, er hat Kim Larsen sogar vor ewigen Zeiten live im Osloer Konzerthaus gesehen.

Ich bin noch nie in den Arsch gefickt worden, aber irgendwann passiert alles zum ersten Mal, und so lange er sich das Kondom ordentlich über seinen kleinen Zipfel zieht, den er nach einigem Ruckeln und Huckeln auch hochkriegt, finde ich, das hier kann auch nicht viel schlimmer sein als vieles andere. Ich habe mir mein Arschloch mit Vaseline vollgeschmiert. Sein schiefer Schwanz bohrt sich in mich hinein. Ich muss an meine Verlobte denken, und während er schnaufend und keuchend über meinem Rücken liegt, und kleine unschöne Kehllaute ausstößt, werde ich wieder traurig und vermisse das Leben, das ich gerade noch hatte, auf das ich eben erst gesetzt hatte, und das mir plötzlich aus den Händen geglitten ist. Ich würde alles geben, um meine Verlobte zurückzubekommen. Ich hätte mitspielen sollen, als sie mir ihren Seitensprung eingestanden hat, ich hätte mich stocksauer und verletzt und bis ins Mark getroffen stellen sollen. Und dann hätte ich mir «die Sache überlegen» und danach als verzeihender Mann zurückkehren müssen. Ich hätte sagen sollen, sie habe mich tief verletzt, aber ich liebte sie doch so sehr, dass wir das hier gemeinsam bearbeiten müssten. Und danach hätte ich sogar einen Joker im Ärmel gehabt, ich hätte *etwas gegen sie verwenden* können, auch wenn ich darüber erhaben gewesen wäre, das zu tun. Als zwei gestärkte Menschen hätten wir uns im Frühling trauen lassen können, die Sonne hätte geschienen und die Vögel hätten an unserem Hochzeitstag gesungen, und wir hätten einander versprochen, alles Gute und Schlechte im Leben zu teilen, bis dass der Tod uns scheide.

Da sitze ich auf dem Bordstein vor der Cinematek in der Dronningsens gate und leide, aber immerhin habe ich dreitausend Kronen verdient. Ich rauche zwei Zigaretten, und dann kommt eine mitgenommene Frau in meinem Alter und setzt sich neben mich. Sie wirkt müde und kaputt, aber sie bittet um eine Zigarette, und die kriegt sie. Es steht fest, dass ich es mit einer Heroinistin zu tun habe.

Ein wenig uninspiriert, sichtlich ohne Hoffnung auf Erfolg, fragt sie, ob ich Interesse an einem Blowjob zu zweihundert hätte. Sie sei nämlich total abgebrannt.

Ich sage ihr, dass ich einen harten Tag hatte. Meine Verlobte hat mit mir Schluss gemacht, ich bin von einem Arsch namens Muhammed zusammengeschlagen worden, und ein fettes altes Schwein hat mich in einem verdreckten Hospiz in der Skippergata im wahrsten Sinne des Wortes in den Arsch gefickt. Im Moment würde ich am liebsten schlafen, aber ich bringe es nicht über mich, allein zu schlafen. Ich gebe ihr zwei von den drei Tausendern, die der Arschficker mir gegeben hat, und frage, ob sie mit mir zusammen schlafen will. Das macht sie glücklich. Wir nehmen ein Taxi zu ihrem Dealer, damit sie sich eine gute Dose H kaufen kann, und dann fahren wir in die Wohnung in Gamlebyen beziehungsweise zu den zwei Kammern, die sie mit einer Freundin teilt. Und sie hat doch tatsächlich einen altmodischen Plattenspieler in der einen Kammer und legt eine knisternde Scheibe von Pink Floyd auf. Sie zieht sich aus und steht in Unterwäsche da, setzt sich aufs Bett und macht ihr Besteck bereit. Ich baue mir einen Joint und frage, wie sie heißt, und sie heißt Linda. Sie schiebt sich die Nadel in den Arm. Ich muss mich ein wenig hinlegen, und sie schmiegt sich an mich, so dass wir Löffelchen liegen, dicht aneinander, warm und wunderschön, wie zwei kleine Kinder, die sich im Wald verlaufen haben und die sich nachts im Heidekraut aneinander wärmen. Sie schläft ziemlich bald ein und dann hat die Nadel das Ende der Platte erreicht.

Es wird still im Zimmer.

Und ich höre noch einmal Kim Larsen, weit weg jetzt, aber doch deutlich. Blip-but, und Gott, wie tut das gut, wir haben, was wir brauchen, Groß und Klein, ja, blipbut, und Gott, wie tut das gut ... Und dann zieht er die Sache runter, indem er langsamer wird, das letzte Wort, klein, deutlich in meinen Kopf platziert und den Saiten einen sanften Abschlussakkord entlockt.

Es wäre ganz falsch gewesen, Sex mit Linda zu haben. Schon beim Morgenkaffee entwickele ich eine tiefe und innige Geschwisterliebe zu ihr, und unser Gespräch gleitet so leicht und natürlich dahin, dass ich das Gefühl habe, ihr alles sagen zu können. Sie erzählt mit rührender Offenheit von ihrem Leben. Linda ist zwei Jahre jünger als ich und kommt aus Tønsberg. Ihre Lebensgeschichte ist tragisch und deprimierend, und sie schildert mir hier und jetzt ihre Lage. Zum Glück kann sie das alles mit einem gewissen Humor vorbringen, und als ich dann noch einige humoristische Kommentare mitten in der Tragödie von mir gebe, nimmt sie die mit einem Lachen hin.

Linda ist die erste, der ich meine Selbstmordgedanken gestehe. Ich verbreite mich über meine entsetzliche Situation, erzähle absolut alles, von den düsteren Gedanken meiner frühesten Kindheit bis zu meiner unerträglichen Lage hier und jetzt. Ich erzähle von dem seltsamen Doppelleben, das ich geführt habe, als verlobter und anscheinend anständiger Autor einerseits und als unvorhersagbarer und orientierungsloser Nachtmensch andererseits. Ich erzähle von den Selbstmordversuchen, von der Hängematte, mit der ich mich aufhängen wollte, und dem U-Bahntunnel, aus dem ich nur um Haaresbreite fliehen konnte.

Linda hat nach fast zehn Jahren als schwere Drogensüchtige so ziemlich alles gesehen. Freunde sind in ihren Armen gestorben, Körperteile stoben in mehrere Richtungen auseinander, sie wurde mehrmals Opfer von Rudelbumsereien und Prügeln. Aber nie, nie hat sie mit dem Gedanken an einen Selbstmord gespielt. Ist sie wirklich nie auch nur auf den Gedanken gekommen? Nein, sagt sie. Und sie warnt mich: Man darf einfach nicht in diese Richtung denken, das ist ein Zeichen von Schwäche.

Man kann jederzeit sterben, denn der Mensch ist schwach. Wir haben nur eine einzige Gelegenheit zu leben, und das Leben ist unser kostbarster Besitz. Du musst leben, egal, wie hart es ist, sagt sie. Aber der Gedanke an Selbstmord ist ein großer Trost, sage ich, damit kann man so manche schwere Nacht mit heiler Haut überstehen. Aber genau deshalb endest du doch damit, dass du dir am Ende wirklich das Leben nehmen willst, sagt Linda. Wer sich erhängen will, findet auch ein Seil. Ach ja, sage ich, ich habe meine Seile. So was tut man einfach nicht! Oh doch, Judas warf seine Silberlinge in den Tempel und ging hin und erhängte sich an einem Strick, sage ich. Und das mit gutem Grund. Nein, sagt Linda, ohne auch nur einen einzigen geringsten Scheißgrund. Selbstmord ist eine Dauerlösung für ein vorübergehendes Problem.

Zu sterben, um dem von Armut, Liebe oder einem anderen unangenehmen Grund verursachten Schmerz zu entgehen, kennzeichnet keinen mutigen Mann, sondern einen Feigling, sagt sie. Darauf habe ich keine Antwort, abgesehen von der möglichen Schlussfolgerung, dass ich dann vielleicht ein Feigling bin. Wir sind viele Menschen auf der Welt, und einige von uns sind als Feiglinge geboren. Wenn ich einer davon bin, kann ich kaum etwas daran ändern. Aber dann sagt Linda etwas, das mich beeindruckt: Du willst ein origineller Mensch sein, oder nicht? *Mut ist immer originell.*

Es ist ein schöner sonniger Tag und Linda schlägt einen Spaziergang auf dem Friedhof von Gamlebyen vor. Wir gehen in einen Laden und kaufen zwei Dosen Bier, dann setzen wir uns auf eine Bank in der Nähe einiger Grabsteine. Bist du von selbst auf die Idee gekommen, frage ich, dass Mut immer originell ist? Nein, sie hat es irgendwo gelesen, aber sie weiß nicht mehr so genau wo. Ist ja auch egal, wer es geschrieben hat, wenn ich mich nur daran erinnern kann, sagt sie dann, krempelt den Ärmel hoch und setzt sich einen Schuss in den Arm. Sie verschwindet nicht, wird nur langsamer. Sie ist schon so lange Junkie, dass sie den orgiastischen Rausch nicht mehr erreicht. Sie drückt den Stoff, um normal zu werden. Obwohl ... was ist «normal»?

Um sechs Uhr gehen wir in die Cinematek und sehen «Ukigosa» von Yasujiro Ozu, was in der Cinematek unter dem norwegischen Titel «Wurzeln im Wind» läuft. Ich kenne den Film schon und freue mich über das Wiedersehen. Für Linda ist es das erste Mal, und sie ist hin und weg. Der Film geht so still vor sich, die Bilder sind so schön, die Geschichte so ergreifend, wir lassen uns beide hypnotisieren.

Der Anblick der prosaischen Dronningens gate verdeutlicht den hoffnungslosen Kontrast zwischen der fiktiven japanischen Welt und der trübseligen Wirklichkeit, der wir uns Tag um Tag um Tag stellen müssen. Ich schlage einen Besuch im Inoshika auf der Gimle Terrasse vor.

Wir spazieren die Steintreppe hinunter und in das Kellerlokal, ziehen die Schuhe aus und werden zu einem Tisch in der Ecke gewiesen, wo wir uns auf den Tatami setzen. Ich bestelle eine Flasche Sake. Es kostet mein letztes Hemd und noch etwas dazu, aber das gönne ich mir. Ich schwimme im Geld, erzähle ich. Ich habe ein Stipendium bekommen!

Nach und nach liegt es auf der Hand, dass sich auch Sushi bestelle, und das hier muss das allerbeste in der Stadt sein, besser noch als im Sushi Nam Kang in der Torggate. Und wir bestellen mehr Sake, als die Flasche leer ist. Unsere Kellnerin ist vielleicht die schönste Frau, die ich in meinem Leben je gesehen habe. Nun ist es kein Geheimnis, dass ich geradezu fetischistisch auf japanische Babes stehe, aber die hier ist eine Klasse für sich, lächelt die ganze Zeit freundlich, und ihre Haare ... ach, ja, diese Haare.

Ehe ich mich von Linda verabschiede, nenne ich sie meine Schwester, die Schwester, die ich niemals gehabt habe; sie küsst mich auf die Wange und nennt mich ihren Jungen. Ich bitte sie, vorsichtig zu sein, und wir verabreden, uns bald wiederzusehen. Danach fahre ich mit dem Bus nach Bjølsen und dusche. Das ist meine erste Wäsche, seit der Fettsack mich gestern Abend in den Arsch gefickt hat. Ich gehe früh ins Bett und lese dort Agnes von Krusenstjerna. Dann klingelt das Telefon, ich stehe widerwillig auf und hebe ab. Es ist meine Exverlobte. Sie bringt kein Wort heraus. Sie ist neuerdings offenbar nahe am Wasser gebaut. Irgendwann kann sie ein «Hallo» hervorschluchzen, aber dann ist sie wieder verschwunden. Ich muss einfach warten, bis sie ihre Stimme wiederfindet.

Sie kann nicht mit dieser Sache hier leben, sagt sie endlich. Ihre Stimme ist so verweint, dass ich mir die fehlenden Wörter denken muss. Sie kann das nicht, erträgt es nicht, schafft es nicht, will es nicht, denn es ist doch schließlich so, dass sie, und das formuliert sie nach neuen langen Ringkämpfen im Tränenkanal, mich liebt.

Ich gehe natürlich zu meiner Exverlobten und bringe alles wieder in Ordnung. Ich lege mich neben sie und schwängere sie mit Pauken und Trompeten. Wir beschließen, im Dezember zu heiraten, ehe ihr Bauch peinlich dick wird, aber bis zum Advent ist es noch ein gutes Stück Zeit.

Wie es sich gehört, wird ihr morgens schlecht, und wie so viele Männer in dieser Situation verwandele ich mich an ihrer Seite in einen besorgten, fürsorglichen Pantoffelhelden. Sie darf um Himmels willen keinen Alkohol trinken, sie darf nichts Schweres tragen, und sei es nur den Küchenmixer, sie muss versuchen, ihren Tag nach einem sorgsam durchdachten Plan zu strukturieren, muss regelmäßige Mahlzeiten zu sich nehmen, und die Kost muss gesund und abwechslungsreich sein; wir müssen außerdem Tran kaufen, aber jetzt stellt es sich heraus, dass es in Møllers Tran von fiesen Bestandteilen nur so wimmelt, also kaufen wir den teuersten Tran im Reformhaus. Meine Verlobte ist glücklich. Ich mache weiter, so gut ich kann, spiele die Rolle des Familienvaters in spe mit all meinem Einfühlungsvermögen. Wir verkünden die Schwangerschaft (aber nicht die bevorstehende Eheschließung) in ihrer und meiner Familie und die Ankündigung wird mit Lob und Freude aufgenommen. Ich wünsche die Eltern meiner Verlobten zwar keinem Kind als Großeltern, aber ich sehe auch ein, dass sie eine Hilfe sind, die schon jetzt, viel zu früh, zum Einkauf von geschlechtsneutraler Kleidung schreitet, da wir nicht wissen, welches Geschlecht das Kind hat und es auch nicht wissen wollen.

Meine Verlobte und ich gehen zweimal pro Woche um das Sognsvann. Unsere Gespräche sind von Zukunftsoptimismus geprägt. Ihre Wohnung in Bislet ist uns sicher, und ich beschließe, den Vertrag für die Wohnung in Bjølsen zu kündigen, damit unsere gemeinsame Kasse sich auf eine schöne Zukunft einrichten kann.

Es wird Zeit, mein Arbeitsniveau beträchtlich zu steigern. Ich brauche fünf Stunden, um eine erotische Novelle für eine Herrenzeitschrift zu verfassen, und für diese literarische Leistung sacke ich nicht weniger als fünftausend Kronen ein.

Dieses Geld zahle ich auf ein Sparkonto ein, denn meine Verlobte und ich haben beschlossen, ein so genanntes Fuck-you-Konto mit fünfzigtausend Kronen einzurichten; dieses Fuck-you-Geld soll nicht ausgegeben werden, sondern gespart, und es soll auf der Lauer liegen, falls wir eines Tages in irgendeine Enge getrieben werden und sagen müssen: «Fuck you, wir haben fünfzigtausend Kronen.» Ich schreibe außerdem mehrere

Artikel für Morgenbladet und Klassekampen, das wird allerdings bei weitem nicht so gut bezahlt wie die erotische Novelle.

Ende September wird bekannt gegeben, dass eine gewisse Gunnhild Nilssen Aschehougs Novellenpreisausschreiben gewonnen hat. Sie hat eine unglaublich witzige Novelle über Liebe und Tod in Balestrand geschrieben. Sie ist fünfundvierzig Jahre alt und wird von *Dagbladet* interviewt. Sie erzählt, dass sie immer schon geschrieben habe, dass diese Novelle aber das Erste sei, das sie jemals eingereicht hat. Sie freut sich sehr über ihren Sieg.

Als sie nach einer eventuell bevorstehenden Novellensammlung gefragt wird, antwortet sie, naja, wenn die Inspiration ihr beisteht, dann wird es wohl ein Buch geben. Deshalb greife ich zum Nynorskwörterbuch und schreibe eine ziemlich lange Novelle mit dem schlichten, aber wirkungsvollen Titel «Fick mich in den Arsch», der aller Wahrscheinlichkeit nach bei einer späteren Gelegenheit geändert werden muss.

Die Novelle wird zu einem mahnenden inneren Monolog, den ich einer alten Frau auf dem Sterbebett ins Gemüt lebe, und sie handelt vor allem davon, wie entsetzlich ihr Leben war, wie übel es war, all die vielen Jahre in Balestrand dahinleben zu müssen, und während sie nun hier liegt und auf den Tod wartet, wird in ihrem Inneren ein hasserfüllter und überaus eleganter Monolog aufgeführt, der aber nicht ihre Lippen erreicht und der sich weder an Verwandtschaft noch an Krankenhauspersonal wendet, sondern der an die gesamte Menschheit gerichtet *gedacht* wird, wie ein stummer Erguss einer einfachen Frau, gerichtet an die gesamte Menschheit als solche, und vor allem an all die furchtbaren Menschen über siebzig in Balestrand, die ihr das Leben zur Hölle gemacht, die ihr Gemüt verstört und sie zu diesem degenerierten Menschen gemacht haben, der bald den letzten Atemzug tun und dann erkalten wird. Ich war noch nie in Balestrand und will dort auch gar nicht hin, aber das hindert mich nicht daran, überaus negativ über Balestrands Einwohner zu schreiben, über Geistliche, Ladenbesitzer und etliche andere Einwohner, von denen es zwar nicht sonderlich viele gibt, die aber eine Bosheit an den Tag legen, wie sie in der norwegischen Literatur kaum je beschrieben worden ist.

Die sterbende, bis ins Mark deprimierte alte Person legt einen tiefsitzenden Hass auf die Menschheit an den Tag, und zu dieser Menschheit gehört auch sie selbst, denn sich hasst sie ebenfalls. Ihr Leben war ein einziges großes Missverständnis, von der Wiege bis zur Bahre, mit Lüge, Verrat und Erniedrigung als Hauptbestandteil ihres Lebenssaftes, und darüber schreibe ich eine Seite nach der anderen in einem verschrobenen und negativen Nynorsk, das in einer wiederholungsreichen, musikalischen Prosa singt, mit der ich sehr zufrieden bin. Und obwohl die zukünftigen Leser von Gunnhild Nilssens Novelle diesen Text als tiefempfundenes und ehrliches Portrait einer alten Frau aus Balestrand betrachten werden, ist die Wahrheit so, dass hier mein eigener Schmerz, mein eigener Hass und meine eigenen Lügen und Erniedrigungen in Literatur umgesetzt werden. Es ist mein Leben, das so abgefuckt und außer Kontrolle ist, worüber ich eigentlich schreibe. Und das Balestrand, auf das ich dermaßen einschlage, ist in Wirklichkeit Oslo, diese Stadt, die mich zerstört hat und die niemals in der Lage sein wird, mich retten zu können.

All meine Frustration, all mein Leid, all mein Hass werden damit der alten sterbenden und bis ins Mark deprimierten Frau in Balestrand in den Mund gelegt. Sie kann alles haben, es tragen, es nehmen, denn ich ertrage es nicht. Ich weiß nur zu gut, was im tiefsten Inneren meiner Seele geschrieben steht, das, was ich immer verdränge, das, womit ich nicht leben kann, nämlich dass ich, wenn ich durch und durch ehrlich bin, mich selbst hasse, meine elende und sinnlose Existenz in Norwegen verachte. Wenn ich meine Mitmenschen, meine Mitbürger, meine Freunde, unsere Volksvertreter, meine Kollegen verachte, dann kann ich im Grunde doch damit leben, aber das Allerschlimmste ist es also, dass ich von allen mich selbst am innigsten hasse. Und jetzt ziehe ich diesen Selbsthass, diese grauenhafte Erkenntnis, aus dem tiefsten Mittelpunkt meines Herzens, und ich hämmere alles in meinen Computer und übertrage es auf eine alte, sterbende und bis ins Mark deprimierte Oma in Balestrand. Sie kann es haben. Ich ertrage es nicht. Ich will es nicht. Ich möchte ein fröhliches und harmonisches, anständiges und vorhersagbares Leben führen, ich will alles loswerden, was mich so dermaßen kaputtgefickt hat, was mich dazu bringt, alle Gesichter, alle Aussagen, alle Bilder und Gebäude, die im Alltag über meinen Kopf hinausragen, negativ zu sehen, die Dinge, an denen ich stolz und ohne Gnade vorübergehen und die ich akzeptieren muss, Tag für Tag, Stunde für Stunde, Minute für Minute.

Aber ich will mich auch nicht belügen, mich nicht in unrealistischen Hoffnungen suhlen. Ein fröhliches und harmonisches Leben wird mir vermutlich niemals zuteilwerden. Wie lange ist es wohl her, dass ich mich ohne Einfluss von Alkohol oder Drogen glücklich und fröhlich gefühlt habe? Ich kann mich kaum daran erinnern. Doch, heißt es dann, es gibt doch Musik, Lyrik, Glück – Literatur. Ich bin der Erste, der Zeugnis für die lebensrettende Kraft der Symphonie ablegt. Ohne Schubert, Beethoven, Tarrega und Xenakis hätte ich nicht viele Tage hier auf dem Erdball leben können. Schmachtende Symphonien, sehnsüchtige Lieder, lässige salonmusikalische Perlen und Hardcore-Cembalomusik können einen verwirrten Schöngeist länger am Leben halten als man meinen sollte, aber es war auch eine schicksalhafte Erkenntnis für mich, dass diese Musik nur bis zu einem gewissen Punkt lebensrettend wirkt, und sowie man die entsetzlichen dreißiger Jahre erreicht hat, ist die Musik nicht mehr Herrin über unseren existentiellen Zustand.

Nein, die einzige Kunst, die in den vergangenen Jahren meinen seelischen Schmerz lindern konnte, sind zwei Bücher des Alten Testaments, das eine oder andere Gedicht von Dan Andersson oder Emily Dickinson sowie Volksmusik und Swing. Aber ich weiß ja auch, dass auch Volksmusik und Swing mich nicht sonderlich lange retten können, so sehr sie mich auch ansprechen, die Freude hält nur gerade so lange vor wie das einzelne Swingstück, das weiß ich. It don't mean a thing if you ain't got that swing, heißt es ja, und obwohl ich auf meinem iPod Swingmusik zur Hand habe, habe ich nicht länger das Gefühl, dass es in der Gesellschaft, in der ich lebe, sonderlich swingt, bei den Menschen, zu deren Umgang ich verurteilt bin, bei den Lebensmitteln, die ich in mich hineinzwingen muss, und nicht einmal im Alkohol, den ich trinke, dem Joint, den ich rauche, es swingt einfach nirgendwo genügend, und dann bedeutet es doch gar nichts. Und dasselbe gilt natürlich auch für die Lyrik von Dan Andersson und Emily Dickinson.

Früher habe ich die Kunst überaus ernst genommen, sie war mein ganzes Leben, ich war stolz darauf, so ein Schöngeist zu sein, der sich in klassische Literatur und Musik vertieft, ich habe es geliebt, habe mich diesen

Dingen gewidmet, mich in sie verliebt. Und die Kunst ist noch heute mein ganzes Leben, der Unterschied ist nur, dass ich sie nicht mehr ernst nehme. Ich sehe keinen Werteunterschied mehr zwischen einem Kunstwerk und einem Feldstein.

Die Kunst geht mir, mit wenigen redlichen Ausnahmen, am Arsch vorbei, ich finde sie belanglos, platt, langweilig, schwülstig und aufgebläht. Ich kann nicht, mit meinem Verstand, die Kunst ernst nehmen, und außerdem merke ich, dass die Kunst ihrerseits mich auch nicht ernst nimmt.

Sie kann mich nicht richtig berühren, und das enttäuscht mich zutiefst, ich bin enttäuscht über die verwelkende Natur der Kunst, ihr vergängliches Sein, ihre idiotische Existenz, die eigentlich kaum als Existenz bezeichnet werden kann. Ich fühle mich, zu meiner großen Verzweiflung, immer stärker angezogen von Platons Kunstbegriff und der Tatsache, dass die Kunst mir plötzlich als Schatten eines Schattens erscheint, als Sackgasse. Und da habe ich die eigentliche künstlerische Tätigkeit nicht einmal erwähnt, die gewissermaßen zu meinem Lebensweg werden, die mich hinanziehen sollte, die mich in Wirklichkeit jedoch in den Dreck hinabgezogen hat, und zwar auf tödliche und durch und durch grauenhafte Weise, um es mit einigen bernhardschen Adjektiven zu sagen. Die Reise, die ich machen musste, von einem grünen Knaben über die Ausbildung zum freien Künstler, sie war ein Flugzeugabsturz, eine Katastrophe, und die Klassenreise, die ich möglicherweise vorgenommen habe, die ist nach unten gegangen, von einer Existenz in einer gutmütigen und absolut tauglichen Arbeiterklasse habe ich mich hinab in die Welt der Kastenlosen begeben. Ja, ich bin ein Kastenloser. Ich bin durchaus in nichts Hochwertiges, in nichts Erstrebenswertes eingetreten, ich bin auf der verfaulten Bananenschale der Kunst ausgerutscht und in ein Leben geplumpst, das auf den schlimmsten aller vorstellbaren Lebensgrundlagen aufbaut, wo es an allen Ecken und Enden nur Scheiße, Kotze und Elend gibt ... aber ...

Aber wo ich natürlich auch meine Momente gehabt habe, meine glücklichen Augenblicke, vor allem einen, und dieser glückliche Augenblick muss der sterbenden und bis ins Mark deprimierten Oma in Balestrand zugutekommen, ich meine ... also echt! Was jetzt passiert, ist, dass ich in meiner Wohnung stehe und den Abwasch mache. Und dann gibt es Rølsdalssvingen mit dem Arnt Haugens Quartett. Ich drehe lauter – Røldalssvingen, Akkordeon, Walzer, Gitarrenbegleitung und ein Bass. Und gibt es da auch die Flatfele? Ja. Und alle spielen mit bei Røldalssvingen, lang lebe Røldalssvingen, in einer unvergleichlich magischen Phrasierung, die Arnt Haugen und seine Mitmusikanten wirklich auszunutzen wissen. Ich tanze mit, schlage rhythmisch mit der Spülbürste ins Becken, werfe sie weg, schwuppe mir die Handschuhe von den Fingern und schnippe und summe zu Røldalssvingen,

Røldalssvingen, und so geht es weiter, Da kommt Røldalssvingen im Radio, während die Oma in Balestrand im Sterben liegt, und gerade in dem Moment setzt eine Krankenschwester ihr einen Schuss Heroin in den Arm. Und dieses Heroin mischt sich so gut im Blut und löst einen souveränen Rausch aus, der sich im Kopf ausbreitet. Er hilft ihr, ihren Körper zu verlassen, im wahrsten Sinne des Wortes, und über dem Bett zu schweben, frei umherzulaufen und es einfach supergut zu haben, Arnt Haugen und Røldalssvingen sei Dank, zu dem sie, so wie ich das in Wirklichkeit in meiner Wohnung mache, tanzt. Røldalssvingen, Røldalssvingen.

Ich weiß, dass diese überaus negative und entsetzlich pessimistische Novelle über die sterbende, bis ins Mark deprimierte Oma in Balestrand keinen Scheiß wert ist, wenn es keinen Wendepunkt gibt, und dieser Wendepunkt kommt eben mit Røldalssvingen, das beweist das folgende Glücksgefühl, das durch vollständige körperliche Hingabe an Røldalssvingen erreicht wird. Zugleich weiß ich auch sehr gut, dass jeglicher Wendepunkt nur schlecht funktioniert, wenn er der Haupthandlung auf konstruierte oder unnatürliche Weise aufgepfropft wird – nein, der Wendepunkt muss in einem Erlebnis von *Wahrheit* verankert sein, sonst funktioniert es nicht.

Das Einzige, was ich über die Wahrheit weiß, ist, dass es sie gibt, und der einzige Beweis dafür, dass es sie gibt, den finde ich in meinem Privatleben. Ich finde keine

Wahrheitsbeweise in Geschichte, Medien, Literatur und Kunst, aber der Wahrheitsbeweis kann zutage treten in *meinem* Erleben von ... zum Beispiel Røldalssvingen, und da dieses Erlebnis einen so starken Eindruck auf mich macht, kann ich ihn auf höchst detaillierte und ästhetische Weise in Prosa überführen. Indem ich *mein Glück* angesichts von Røldalssvingen überführe und indem ich *meine* Gesangsstimme die Wörter Røldalssvingen, Røldalssvingen für die sterbende bis ins Mark deprimierte Oma in Balestrand vortragen lasse, indem ich die Liebe zu Røldalssvingen in Schrift umwandle, übe ich meine Kunst aus.

Jegliches literarische Werk, das etwas taugt, enthält eine Metamorphose. Wir können jeden Schriftgelehrten in den norwegischen Landen fragen, und alle werden es bestätigen. Ohne Metamorphose keine echte Literatur. Und Røldalssvingen macht in meiner Novelle eine Metamorphose durch, auf mehrere und teilweise subtile und außerdem auch *komplexe* Weisen. Das ist vor allem mein Ziel als Autor: Magie zu erschaffen. Die Literatur muss so stark leuchten, wie sie das in diesem Moment tut, in diesem Augenblick, in dieser Sekunde, in der ich das hier schreibe. Ich lese sorgfältig Korrektur, dann schicke ich den Text an die Adresse in Balestrand und bin sehr zufrieden mit mir selbst.

Es besteht natürlich kein Grund zum Selbstmord, wenn das Leben so dahingleitet wie im Moment, wo ich schreibe und überhaupt. Der Herbst ist jetzt wirklich da. Ich habe mit Linda Enten gefüttert, alles scheint normal zu sein. Aber ein neues Problem ist aufgetaucht, das auf langweilige Weise an meiner Stimmung nagt. Ich habe nämlich, zum zweiten Mal, an sich mit großem Wohlbehagen, aber dennoch, ja, ich habe mit der Kusine meiner Verlobten geschlafen, noch einmal. Sie war enttäuscht darüber, dass sie bei Aschehougs Novellenpreisausschreiben keinen Preis bekommen hat, aber deshalb hat sie ihre Ambitionen doch nicht aufgegeben, und außerdem war sie überaus sexuell gestimmt. Sie platzte herein, ließ ihre Kleider fallen und hat mich fast vergewaltigt.

An ihr Alter wurde ich übrigens nachdrücklich erinnert, als ich sie nackt sah. Ihre Titten sind verdammt noch mal noch nicht ausgewachsen. Nicht, dass sie Kinderbrüste wären, und sie tun auch nicht weh als Folge der Pubertät oder so, denn sie lässt sich gern fest anfassen. Nein, die kritische Pubertätsperiode ist zum Glück ein zurückgelegtes Stadium, aber also ... sie sind trotzdem noch nicht ausgewachsen. Ich habe in der Wohnung in Bjølsen mit ihr geschlafen. Ich habe meine Wohnung zwar gekündigt, aber ich habe drei Monate Kündigungsfrist, und deshalb bin ich ab und zu doch noch hier.

Nachdem sie gegangen war, konnte ich mir ihre unterentwickelten Titten nicht aus dem Kopf schlagen. Nicht so, dass sie mir gefehlt hätten. Was mir dann plötzlich mit Pauken und Trompeten und geballter Spielmannswucht aufging, war, dass es vielleicht nicht so total legal für einen alten Sack wie mich ist, mit Dreizehnjährigen herumzuvögeln.

Ich schaue bei Wikipedia nach, wie es sich derzeit mit den Paragrafen 195 und 196 verhält. Beide Paragrafen sind gleichermaßen niederschmetternd. Der eine verbietet sexuellen Umgang mit Kindern unter sechzehn Jahren, der andere mit Kindern unter vierzehn. Ich habe ja schon vorher gewusst, dass dreizehn jedenfalls zu jung ist, aber ich hatte es wohl verdrängt. Mein Schwanz ist schuld. Es wird mir auch nicht helfen, dass sie mir als *reif für ihr Alter* erscheint. Diese Beziehung darf unter keinen Umständen ans Licht kommen, geht mir jetzt plötzlich auf. Wenn jemand Wind davon bekommt, ist die Kiste nicht nur vermasselt, sondern mein Name und guter Ruf werden aufs Grauenhafteste besudelt. Ich werde als pädophiles Ungeheuer dastehen, mit einer ewiglangen und durch und durch unerträglichen psychiatrischen Behandlung.

Was findet sie übrigens an mir? Ich dachte, Dreizehnjährige hielten Leute in meinem Alter für uralt. Es kann nur eine Erklärung geben, und zwar, dass sie Schriftstellerin werden will. «Writers crave experience», heißt es. Man muss gelebt haben, um schreiben zu können. Und das macht sie jetzt, sie erlebt, und sie will den extremen Weg gehen. Was schreibt sie übrigens in ihr Tagebuch?

Wie vertrauenswürdig ist eigentlich diese Dreizehnjährige, kann sie den Mund halten oder wird sie vor ihren Freundinnen damit protzen, dass sie mit einem über dreißig Jahre alten Mann gevögelt hat, der noch dazu mit ihrer Kusine verlobt ist? Dann kann man sich die Kettenreaktion ja vorstellen. Eine Freundin erzählt es einer anderen Freundin, die erzählt es ihrer Mutter, so einer bürgerlichen miesen Kuh aus Tåsen, die sich nicht um ihren eigenen Kram kümmern kann. Diese miese Kuh geht zu Tante Sissel und erzählt von dem Gerücht, und dann wird meine neue Geliebte verhört und aufs Unmenschlichste von ihrer Mutter unter Druck gesetzt. Dann geschieht das Entsetzliche, dass mein Name ausgesprochen wird, in zitternden und entsetzlichen Klangwellen, und bald klopft die Polizei an die Tür.

Um diesem unerträglichen Schicksal zu entgehen, habe ich drei Karten, die ich ausspielen kann. Die eine ist, die Beziehung sofort zu beenden. Ich muss ihr so klar wie möglich machen, dass es so nicht weitergehen kann. Und dann muss ich betonen, dass das hier durchaus nicht herauskommen darf, unter gar keinen Umständen, weil sie eben unter dem sexuellen Mindestalter ist und als minderjährig gilt. Ich wünsche mir, dass die Kleine die Unmöglichkeit unserer Beziehung akzeptiert, dass sie die Sache hinter sich lässt, dass sie sie in eine geheime Kammer einschließt und niemals irgendwem die Wahrheit kundtut.

Aber die Sache kann sich auch ganz anders entwickeln. Was, wenn sie angefangen hat, sich in mich zu verlieben, wenn sie dauernd an mich denkt und durchaus nicht so früh in unserer «Beziehung» eine Trennung akzeptiert? Dann ist die Gefahr groß, dass sie grausame Rache plant, dass sie eben alles erzählt, entweder einer Freundin, oder, nur um mich zu bestrafen, ihrer Mutter oder Kusine – meiner Verlobten –, und sie wird sich vermutlich über den Skandal freuen, der sich dann unerbittlich einstellen und bei dem sie eine unvergessliche Hauptrolle spielen wird. Das alles wird ihr den Stoff zu einem Romanbestseller namens «Schwanzspitze» über sie und mich geben. O verdammte Votze, wird das ein Scheißbuch.

Vielleicht wird sie das Opfer spielen und behaupten, ich hätte mich sozusagen an ihr vergriffen. Und in den Augen der Öffentlichkeit ist es doch so, dass jegliche sexuelle Verbindung zwischen einem Mann von über dreißig und einer Dreizehnjährigen einen Übergriff darstellt, ja, sogar eine Vergewaltigung. Ich kann auch nicht behaupten, dass ich mich darauf freue, vor Gericht zu stehen und zu behaupten: *Sie hat es doch so gewollt.*

Die zweite Karte ist, die Beziehung fortzusetzen. Ich werde weiterhin ab und zu mit ihr vögeln und so nett zu ihr sein, wie das überhaupt nur möglich ist. Zugleich muss ich ihr klarmachen, dass unsere Verbindung kriminell ist und dass sie deshalb unbedingt geheim gehalten werden muss. Auf diese Weise kann ich mir ihr Vertrauen erarbeiten, und obwohl ich immer Angst haben werde, sie könnte sich versprechen, so habe ich doch zumindest eine gewisse Kontrolle über die Lage. Die Gefahr in diesem Zusammenhang ist, dass die Möglichkeit einer Entdeckung wächst.

Die dritte Karte ist, sie zu ermorden. Bisher gibt es keinen Beweis dafür, dass zwischen uns etwas geschehen ist, hoffe ich. Sie kann natürlich in irgendein Tagebuch etwas geschrieben haben, aber gesetzt den Fall, sie hat das nicht, dann wird niemand mich verdächtigen. Ich kann mir leicht einen Schlüssel zu der Villa in Tåsen beschaffen, mich dort eines Nachts einschleichen, ihr Schlafzimmer aufsuchen und ihr das Leben nehmen, zum Beispiel mit einem Kissen, indem ich sie also ersticke. Danach kann ich auch nachsehen, ob sie ein Tagebuch hat, das ich dann mitnehmen kann, und ich kann auch problemlos die Dateien in ihrem Computer löschen. Niemand wird mich verdächtigen. Ich werde vielleicht nicht das überzeugendste Alibi aller Zeiten vorweisen können, aber es wird ja auch niemanden überzeugen müssen.

Ich kann mir die Sorgen aus dem Kopf schlagen, als

ein Kumpel mich ins Mayhemkonzert im John Dee einlädt. Das Publikum geht in Schwarz und sieht aus wie die Fieslinge im «Herrn der Ringe», aber das Konzert ist gut. Hellhammer wird für immer und ewig mein Lieblingsschlagzeuger sein. Niemand lässt es so aggressiv dröhnen wie er, fast wie eine Hölle noch in den schnellsten und hektischsten Beatpartien.

Als sie einige Nummern aus dem legendären Album *De Mysteries Dom Sathanas* bringen, hebt fast das Dach ab, und ich merke, wie ich innerlich froh werde. Ich bin kein Black-Metal-Fanatiker, und finde, dass es in diesem Genre viel Schlechtes gibt, auch wenn ich eine gewisse Vorliebe für Darkthrone habe, aber Mayhem ist allen anderen überlegen, immer liefern sie die hasserfüllteste Musik, und immer tun sie das mit Stil. In diesem Konzert sind nicht so viele Schafsköpfe, und der Vokalist zerfetzt sich nicht, aber auch das spielt für mich keine Rolle. Jetzt nicht mehr.

Niemals werde ich die frühe Black-Metal-Periode hierzulande vergessen. Damals – in der achten Klasse – fuhren ein Kumpel und ich mit dem Zug nach Oslo, um Platten zu kaufen, und obwohl wir das unseren Eltern natürlich nicht gesagt hatten, machten wir uns auf die Suche nach dem heute legendären Plattenladen Helvete, der in der Schweigaards gate liegen sollte. Wir kannten uns in Oslo nicht aus und mussten uns durchfragen. Niemand hatte je von diesem Laden gehört, denn das war vor der Zeit der großen Skandal-Schlagzeilen, von der Schweigaards gate dagegen hatten die meisten gehört.

Endlich fanden wir den Laden.

Dort gab es nicht viele Platten, und wir brauchten nicht lange, um sie durchzusehen und uns zwei Stück herauszufischen, die uns interessierten. Hinter dem Tresen stand kein geringerer als Stian Occultus, zusammen mit einem weiteren Typen (es kann durchaus ein gewisser ... Trasher gewesen sein).

Ich kann mich an einige Details erinnern. Occultus las ein Buch namens «Witchcraft Today». Er war wirklich reizend zu uns und hieß uns wie ein großer Bruder mit dem Satz willkommen: «Na, mal ein paar Scheiben kaufen?» Er fand es sicher nett, dass hier zwei Kinder auftauchten, die sich für böse Musik interessierten.

Wir kauften mehrere Demokassetten, die er uns empfahl, und obwohl wir damals von der Band Mayhem kaum auch nur gehört hatten, kam bald zur Sprache, in welcher Band Øystein Aarseth – die treibende Kraft hinter Helvete – spielte, nämlich in Mayhem. Und man kann es gelinde gesagt als pures Schwein bezeichnen, dass Occultus bereit war, ein Exemplar von «Deathcrush» zu verkaufen, dem heute so wertvollen und überaus sagenumsponnenen Erstling von Mayhem.

Wenn ich wüsste, wo diese Platte heute herumliegt, könnte ich sicher in paar Tausender dafür einsacken, aber natürlich ist sie verschwunden. Vielleicht hat irgendein Idiot sie geklaut. Solche Dinge ärgern mich. Ich kann mich natürlich mit der digitalen Version begnügen, aber es hat etwas Besonderes, die Vinylausgabe zu besitzen, und der ziemlich grausige Umschlag mit den abgehackten Negerhänden hat sich in LP-Größe verdammt gut gemacht.

Wenn ich unter Druck meine «all time»-Lieblingsscheibe aussuchen müsste, unabhängig vom Genre, dann würde ich wohl bei Mayhems «Deathcrush» landen. Sie ist besser als die Sammlung «Errand Boy for Rhythm», besser als Harnoncourts Schubert-Aufnahmen und besser als Agens Buen Garnåsens «Frå Tylimarki». Wenn ich ein Stück von «Deathcrush» hätte laufen lassen, als ich mich in der Schleppegrells gate aufhängen wollte, «Chainsaw Gutsfuck» zum Beispiel, dann wäre ich gesprungen. Verdammt, wieso ist mir das bloß nicht eingefallen?!

Das Letzte, woran ich mich von unserem Besuch in der Hölle her erinnere, ist, dass Occultus etwas darüber gesagt hat, dass man seine Musik nicht Death Metal nennen dürfe, wenn man den Tod nicht anbetete, was er mit anderen Worten also tat und wozu er uns nunmehr ebenfalls aufforderte.

Was Occultus angeht, so hatte er später in Fredrikstad ein Bandprojekt mit meinem Jugendfreund Tommy Bærken sowie Skarningen, dem Gitarristen der heute so halblegendären Band Equinox. Das war vielleicht eine Bande.

Bærken spazierte mit einer Ziege durch die Innenstadt, Skarningen wuselte mit einer Armbrust durch die Gegend und Occultus mit einem Schwert in einem Stock. Die waren von Dope total zugefuckt. Ich glaube, Occultus betet den Tod noch immer an, Bærken ist wohl auf Heroin. Er will mich immer um Geld anschnorren, wenn ich ihm begegne. Über Skarningen weiß ich nur wenig, und all das tut im Übrigen rein gar nichts zur Sache.

Nach dem Mayhem-Konzert gehen wir ins Elm Street, um einen zu trinken. Wir sind natürlich nicht die Einzigen, aber wir sichern uns Sitzplätze an einem Tisch ganz hinten im Lokal und sind bald umkränzt von einigen jüngeren Goth-Mädels mit Piercings hier und dort, sicher auch in der Klitoris. Sie sehen vielleicht unheimlich aus, wenn man auf der Straße an ihnen vorbeigeht, aber hier drinnen sind sie nur süß, und bald ziehen wir zwei von ihnen in unser Gespräch. Mein Kumpel trägt die Spendierhosen und bestellt einige Runden Tequilashots für die ganze Tischrunde. Wir spülen den fiesen Geschmack mit immer neu gezapften Halben hinunter. Der DJ weiß, dass es ein Mayhem-Konzert gegeben hat, deshalb legt er ziemlich gewichtig auf, wir müssen mit zwei frühen Metallica-Stücken leben, aber AC/DC hat er zum Glück gestrichen.

Als es auf Ladenschluss zugeht, weist alles auf eine schweinische Nachfeier bei meinem Kumpel hin. Vier ungeheuer begeisterte Damen, und ich sehe schon eine überschäumende Orgie am Horizont. Da können wir zwei Mannsbilder mit unseren steifen Schwänzen sitzen, während die Mädels uns eine nach der anderen einen blasen, und bald fangen sie an, uns abwechselnd zu reiten und sich auf unsere Fressen zu setzen. Sie können sicher auch ein bisschen herumlesben, diese Damen hier – denen ist sicher so gut wie gar nichts fremd. So kommen sie mir jedenfalls vor.

Aber ich hab keinen Nerv. Ich bin nicht der Typ für Orgien. Die Vorstellung kann ja aufregend sein, aber ich weiß, in Wirklichkeit gibt es nur tote Hose, triste Dose, wie man sagt. Mein Kumpel möchte vermutlich eine Pornorunde daraus machen, aber ich hasse Pornofilme. Porno ist eine große und beklagenswerte Beleidigung für alles, was menschlich ist, sei es nun maskulin oder feminin. Jetzt ist es natürlich möglich, dass diese Damen und mein Kumpel auch imstande sind, eine erotisch gesehen ästhetisch und also gelungene Seance zu fingieren, aber ich bezweifele das aufs Stärkste und sowieso habe ich keinen Bock. Ich kann auch nicht auf mehreren Tussen gleichzeitig herumruckeln. Ich kann übertriebene Positur im Sexleben nicht ausstehen. Ob Sie es glauben oder nicht, aber der Beischlaf braucht für mich romantische Würze. Ich muss in die Betreffende nicht zutiefst verliebt sein, aber ich muss sie *sehr gut* leiden können, und zugleich muss sie *sehr sympathisch* sein, damit ich mich in den Akt einleben und die Magie hervorzaubern kann, die zwischen zwei Liebenden entstehen kann.

Ich will nicht nur ficken, lecken und ruckeln.

Ich will auch lieben!

Sturzbetrunken, wie ich bin, stolpere ich den langen Weg zur Wohnung meiner Verlobten in Bislet. Als ich dort ankomme, steuere ich das Klo an, wo ich dann lange und herzlich kotze. Meine Verlobte kommt und kümmert sich um mich, sie ist lieb, hält meine Stirn und macht sich über mich lustig. Ich bitte um Entschuldigung dafür, dass ich so ein Idiot bin, aber sie sagt, ich bräuchte mich nicht zu entschuldigen. Doch, das müsse ich, sage ich und beteuere, dass ich sie liebe, tief und innig, und ich behaupte, dass ich nicht mehr trinken werde, solange sie noch schwanger ist. Ich werde ein verantwortungsbewusster Ehemann sein, sage ich, und ein fürsorglicher Partner. Ich werde nur gut sein, eine stabile Stütze für sie. Ich werde nicht nur aufhören zu trinken, ich werde auch die Zigaretten aufgeben, denn ich will für unser Kind ein gutes Vorbild sein. Ich sage, dass ich in aller Eile einen Kriminalroman schreiben will, damit wir uns einen Geländewagen kaufen können, denn den werden wir brauchen, einen Kombiwagen, jetzt, wo wir Eltern werden. Wir werden eine ordentliche und gefestigte Familie sein, sage ich, und ich werde meine anarchistische Weltanschauung an den Nagel hängen, und ich werde die rotgrüne Gutmenschpartei wählen. Verdammt nochmal, ich werde sogar in diese Partei eintreten, sage ich, und obwohl ich sturzbesoffen bin, kann ich meinen Schwanz von hinten in sie hineinbugsieren, und sie spielt sich leidenschaftlich an der Klit herum, bis es ihr kommt. Obwohl ich im Tran bin, finde ich das romantisch. Mir kommt es indes nicht, ich schlafe einfach ein.

Ich habe durchaus nicht vor, in die rotgrüne Gutmenschpartei einzutreten, und obwohl ich während des Vormittags den Zigaretten aus dem Weg gehen kann, muss ich nach dem Essen dann doch eine rauchen. Um den Alkohol will ich aber jedenfalls einen Bogen machen. Ich mache mir die Regel, dass ich nur trinken darf, wenn ich irgendwo bin, wo die Gastgeber Alkohol anbieten. Ich werde niemals selbst für Alkohol bezahlen, mit der möglichen Ausnahme für zwei Light-Bier zum Wochenende.

Ich beschließe außerdem mir ein gebrauchtes Fahrrad zu kaufen, und noch an diesem Tag. Nach einiger Suche auf *finn.no* finde ich ein passendes Frauenzimmerfahrrad von der Sorte, die mir gefällt, und ich rufe den Verkäufer an. Er wohnt in Gamlebyen, deshalb fahre ich hin und führe das Geschäft durch. Ich kann den Preis auf vierhundert Kronen hinunterhandeln, denn mehr ist dieser Klapperkasten nicht wert, und ein Schloss hat er auch nicht, das gibt also zusätzliche Kosten. Ich fahre ins Blitz und kaufe fünf Gramm Hasch, denn zum Glück habe ich mir nicht geschworen, dem Cannabis zu entsagen, und dann fahre ich zu Video Nova und kaufe die beiden ersten Staffeln von «Xena: Warrier Princess», was leider nicht mehr im Fernsehen kommt, und was ich wirklich endlich vollständig sehen müsste.

Meine Verlobte ist natürlich skeptisch, als ich die erste Xena-Folge einlege, aber schon nach einigen Minuten ist auch sie verloren und verkauft. Ich habe vor, Xena und ihre Nebenfiguren Gabrielle, Joxer the Mighty, Ares (Kriegsgott), Autolycos (Gott der Diebe) und alle anderen abgefahrenen Figuren aus dem Xena-Universum unseren Ankerpunkt in der Unterhaltungswelt werden zu lassen, während die Schwangerschaft voranschreitet. Wir haben sechs Staffeln zu je 22 Folgen, also insgesamt 132 Folgen vor uns, und wir sehen jeden Tag mindestens zwei, manchmal auch vier Folgen. Kaum haben wir eine beendet, lege ich automatisch die nächste ein. Wenn die zu Ende ist, sieht meine Verlobte mich meistens an und sagt, «wir müssen noch eine sehen», und mir wäre ja nichts lieber.

An bestimmten Tagen gibt es natürlich eine Pause im Xena-Sehen, aber dann werden wir nur noch neugieriger darauf, was jetzt passieren wird, und ziehen uns am nächsten Tag eine weitere Dosis rein. Ich rühre keinen Tropfen Alkohol an, gönne mir aber jeden Abend heimlich einen Joint, und deshalb lache ich herzlich über all die miesen und guten Witze in dieser Serie, und meine Verlobte findet, ich sei eine überaus angenehme Gesellschaft, wenn ich ein bisschen angeknallt bin.

Unser Sexleben ist fantastisch, auch wenn es mir manchmal so vorkommt, als ob wir ineinander onanierten – es ist nicht so kritisch, wie es sich anhört, aber es wäre nicht befriedigend, wenn wir nicht auch ab und zu einige romantische Runden hätten, und die haben wir unbedingt.

Ich bin sehr nett zu meiner Verlobten. Ich stehe nicht so früh auf, unser Frühstück machen wir uns also getrennt, aber für das Kochen bin nur noch ich zuständig. Ich suche mit im Netz Rezepte und erarbeite ein großes Repertoire vor allem in norwegischer und italienischer Küche. Ich lerne zum Beispiel, wie man eine Bratensoße herstellt, während ich bisher immer auf TOROs Tütensoßen zurückgegriffen habe. Es gibt oft Frikadellen, Koteletts und Tiefkühlfisch, und zweimal in der Woche gibt es Spaghetti. An den Wochenenden versuche ich, ein wenig Hammeleintopf, Fleischsuppe und Kartoffelklöße hervorzuzaubern. Ich glaube, ich habe mich noch nie so gesund ernährt wie jetzt. Ich decke den Tisch und spüle häufiger als sie. Ich übernehme sogar eine gewisse Verantwortung für die Wäsche. Besonders groß ist meine Begeisterung für den Haushalt zweifelsfrei nicht, aber so, wie die Lage jetzt ist, habe ich auch nicht so viel dagegen. Wir haben nie so eng zusammengelebt, meine Verlobte und ich, wie jetzt, und als der Oktober in den November übergeht, wohne ich nicht mehr in Bjølsen. Die Wohnung wird meinem Nachmieter überlassen.

Jetzt kann man ganz deutlich sehen, dass meine Verlobte schwanger ist, ihr Bauch wölbt sich energisch, und mit dieser gewichtigen Würde heiraten wir dann im Dezember.

Wir haben es niemandem gesagt, haben uns aber feingemacht und geben einander auf dem Standesamt das Ja-Wort. Also wartet auch niemand auf uns, als wir wieder ins Freie treten, aber es hat doch tatsächlich angefangen zu schneien – der erste Schnee des Jahres, an *unserem* Hochzeitstag. Wir fahren mit dem Taxi nach Briskeby und nehmen bei Bølgen & Moi ein Festmahl zu uns. Wir sitzen bei teuren Rotwein, mein Enthaltsamkeitsgelübde muss eine Runde aussetzen, ich bin doch immerhin frisch verheiratet. Meine Frau trinkt nur ein Glas, und als es Abend wird, begeben wir uns ins Hotel Continental, wo wir eine Suite bestellt haben. Dort tun wir das, was Mann und Frau in der Hochzeitsnacht tun sollten, und ich bin überaus erleichtert darüber, dass alles ein Erfolg ist. Ich öffne eine Flasche Champagner und wir stoßen an. Meine Frau trinkt ein Glas, soooo schädlich für das Kind kann es doch auch wieder nicht sein. Andere Föten haben schon viel schlimmere Prüfungen überstehen müssen. Irgendwann schläft sie ein, und ich liege noch eine Weile mit der Hand auf ihrem Bauch da. Aber ich bin nicht müde, deshalb stehe ich auf, setze mich auf die Fensterbank und schaue hinab auf die Menschen in der Stortingsgate und vor dem Nationaltheater. Es schneit kräftig, überall leuchten Weihnachtslichter, Sterne, Schlitten, rote und grüne blinkende Lichter.

Die Straßenbahn kommt von Solli hergeschlichen, freie Taxen dröhnen vorbei, ein Bus, Personenwagen, Menschen. Diese vielen Menschen. Ich habe den Eindruck, dass es immer wieder dieselben Menschen sind, Jahr für Jahr, dass die Menschen, die ich hier sehe, dieselben sind, die vor fünfzig Jahren hier unterwegs waren. Ich stelle mir vor, dass ich jetzt da unten entlangginge, zum ersten Mal, und dass ich eben erst nach Oslo gezogen sei.

Ich bleibe vor dem Theatercafé stehen und sehe die Menschen drinnen an, mein Blick gleitet am Hotel Continental nach oben, aber ich weiß nicht, dass ich selbst auf der Fensterbank sitze und mich dort unten sehe, dass ich älter bin, frisch verheiratet. Dieser Gedanke kommt mir nicht einmal. Ich gehe am Nationaltheater vorbei und dann weiter zum Springbrunnen, ich setze mich dort und warte auf jemanden, mit dem ich verabredet bin, vielleicht eine Verflossene.

Da kommt sie, meine erste Liebe in der Hauptstadt. Der Schnee liegt so schön auf ihren Schultern. Das muss unser erstes Date sein. Wir umarmen einander und bleiben stehen und reden. Wir wissen nicht wohin, und wir sind beide nicht gerade entscheidungsfreudig. Wir wollen nicht in ein zu schäbiges Loch, aber es darf auch nicht zu luxuriös sein. Wir haben beide Angst, ein unpassendes Lokal vorzuschlagen. Nach einigem Hin und

Her entscheiden für uns für Apotheket, und dann gehen wir los.

Aber da komme ich wieder, jetzt einige Jahre älter, gewohnt an die Großstadt, zusammen mit zwei Kumpels. Wir waren im Kino und wollen ein Bier trinken. Wir gehen in Richtung Parlament und verschwinden dann weiter hinten auf Karl Johan. Aber in dem Moment, in dem wir nicht mehr zu sehen sind, komme ich mit meiner Geliebten, aus der Zeit, als wir beide Single waren und es wagten, uns zusammen in der Öffentlichkeit zu bewegen. Wir halten uns nicht an den Händen oder so, alle glauben, wir seien *nur* Freunde. Wir stehen vor dem Nationaltheater und rauchen, dann gehen wir in die Premiere von «Brand». Da komme ich mit dem Fahrrad die Rådhusgate hochgefahren und telefoniere dabei mit dem Mobiltelefon. Das weiß ich noch. Ich knalle voll gegen einen Laternenmast. Das Telefon wird mir aus der Hand geschleudert und zerschellt auf dem Asphalt. Ich bin unversehrt, aber total durcheinander, und das Vorderrad ist ein bisschen verbogen. Ich drücke es in die richtige Position, lese die Reste des Telefons auf und fahre weiter. Und da sehe ich, wie ich an der Ecke beim Nationaltheater stehe und mit meiner Frau knutsche. Damals waren wir nicht einmal verlobt. Zugleich treten meine Geliebte und ich auf den Balkon hinaus, denn in «Brand» ist gerade Pause. Da oben stehe ich in Schlips und Kragen, rauche und lache mit meiner Geliebten, wir finden beide die Aufführung eher mittelprächtig, Sverre Anker Ousdahl ist zu alt für Brand, und gleichzeitig stehe ich gleich darunter auf der Straße und knutsche mit meiner zukünftigen Frau. Alle, die ich in diesem Moment vom Fenster hier aus sehen kann, sind ich und meine Freunde. Zwei Männer kommen auf mich zu, und zwar ich und ein Freund, ein Typ und eine Frau steigen aus der Straßenbahn aus, das sind ich und eine Bekannte, eine Clique kommt aus dem Theatercafé, das sind ich und fünf Kollegen. Ich bin überall. Hinter mir liegt meine Frau und schläft, in ihr liegt der kleine Fötus, der unser Kind sein wird. Ich bin dort draußen, überall, die ganze Zeit. Ich weiß nicht einmal, ob ich jetzt hier stehe und aus dem Fenster schaue. Ich *denke*, dass ich hier stehe, aber es kann sein, dass ich mich selbst zum Narren halte, dass ich in Wirklichkeit nur dort draußen bin, gedankenlos, überall, die ganze Zeit.

Ich gehe zum Bett und sehe meine Frau an. Sie ist unendlich schön. Ich kann sie mit nichts und niemandem vergleichen. Sie ist durch und durch sie selbst, und das einzige Wort, das sie widergeben kann, ist «schön». Ich selbst bin ein Arsch. Ich habe keinen Glauben, keine Stabilität, keine Wurzeln, nichts. Ich streichele ihre Stirn und sehe, dass sie im Schlaf lächelt. Ich flüstere ihr zu, dass ich etwas zum Knabbern holen werde, denn ich kann nicht schlafen. Sie wird nicht ganz wach, aber sie hört, was ich sage, und nickt. Sie bittet mich, die Schlüsselkarte mitzunehmen. Noch ehe ich die Tür schließe, ist sie wieder eingeschlafen.

An der Rezeption frage ich, ob ich eine Flasche Champagner und ein paar Erdnüsse für aufs Zimmer haben kann. Ich erzähle, dass ich heute geheiratet habe, und da freut sich die Frau an der Rezeption wie eine Schneekönigin und gratuliert mir aufs Gründlichste. Sie holt Flasche und Nüsse, aber ich bitte sie, die noch liegen zu lassen, weil ich an der frischen Luft eine rauchen will.

Die Weihnachtsstimmung ist hier unten noch viel greifbarer. Ich stehe vor dem Haupteingang neben dem Portier und stecke mir eine Zigarette an. Im Theatercafé spielt ein Streichquartett, der Portier lächelt mich an. Der Frostrauch quillt ihm aus der Fresse. Ich verspüre ein Glücksgefühl und schließe für einen Moment die Augen. Ich ziehe den Tabakrauch in mich hinein und fühle einfach nur. Ist das der glücklichste Augenblick meines Lebens? Ach, ich weiß nicht so recht, aber schlecht ist er nicht. Gerade jetzt ist alles einigermaßen perfekt, Harmonie und Ruhe. Ich fühle mich durchaus nicht rastlos oder fehl am Platze. Ich habe die Frau geheiratet, die ich liebe, achte, die ich bewundere, zu der ich aufschaue, und wir bekommen zusammen ein Kind, werden *ganz wirklich* eine richtige Familie sein. So etwas hätte ich niemals erwartet. Immer habe ich mir einen grauenhaften Tod um die dreißig vorgestellt. Ich habe gedacht, ich hätte lange genug gelebt, könne vom Leben nicht mehr erwarten und das Erwachsenenleben ganz allgemein sei nicht für mich bestimmt. Aber jetzt stehe ich nun doch hier an der Schwelle zum Erwachsenenleben, zu einem verantwortungsvollen Dasein mit anderen Prinzipien als denen, auf denen ich mein Leben bisher aufgebaut habe. Und damit nicht genug: Es gefällt mir, ich will es so, ich sehe jetzt ein, dass das, wovor ich mich immer gefürchtet habe, kein Grund zur Furcht ist. Allem, was ich aufgeben wollte, trete ich jetzt mit offenen Augen entgegen.

Ich öffne die Augen. Das Streichquartett spielt ein Weihnachtslied. Der Portier kehrt mir den Rücken zu. Da kommt eine Straßenbahn, ich lächele sie an. Ich will, dass sie, die in der Bahn sitzen und aus dem Fenster glotzen, mich sehen, und wenn sie mich sehen, sollen sie einen zufriedenen Menschen sehen, der lächelt, so dass sie selbst anfangen zu lächeln. Ich will ihnen in die Augen schauen, und jetzt kommen sie.

Aber wer schaut da zurück? Dieses dämliche Gesicht ...

Er hat Ähnlichkeit mit mir, sieht aus wie ich. Ich schlage die Augen nieder.

Der Portier hat sich umgedreht. Ich drücke die Zigarette aus, hebe den Kopf und erwidere seinen Blick. Er ist ich!

Mein Herz rattert wie eine Nähmaschine. Ich begreife es nicht, muss ins Haus.

Ich stürze in die Rezeption, denn ich muss doch Champagner und Erdnüsse mitnehmen. Aber hinter der Rezeption sitzt meine Frau. Sie stellt die Flasche auf den Tisch.

Da kommt jemand aus dem Fahrstuhl. Ich wage fast nicht, hinzusehen, aber ich kann es mir auch nicht verkneifen.

Ich bin es, zweimal ich, und zwei Frauen, die Dreizehnjährige und ... Linda?

Ich sage: Linda! Aber sie mustert mich nur mit seltsamem Blick.

Ich gehe in den Fahrstuhl, drücke auf sieben. Aber es kommt jemand, die Tür ist so langsam, die anderen schaffen es, sie wollen nach oben, und sie sind ich und ... Huang. Was wollen wir ... oder wir ... was haben wir hier zu suchen?

Die wollen auch in den siebten Stock.

Da sagt mir der andere, wir wollen auch in den siebten, sagt er, und dann lacht er, hö, hö, hö. Und Huang lächelt, vielleicht, weil ich ein weißes Hemd und eine elegante Hose trage, weil ich so anständig aussehe oder weil ich so aussehe wie ihr Mann, falls das nicht ein Kunde ist. Der Fahrstuhl ist zu langsam, das Lämpchen wechselt langsam von drei auf vier, vier auf fünf, und besonders lange von sechs auf sieben. Aber jetzt sind wir da.

Sie steigen aus, ich steige aus. Sie wollen in eine andere Richtung. Ich schleiche zum Zimmer, ziehe die Schlüsselkarte heraus und bringe mich in Sicherheit.

Ich öffne die Tüte mit den Erdnüssen und kippe sie in eine Schale, öffne die Flasche so lautlos ich kann und fülle ein Glas. Ich setze mich hin und denke an Satan, wie groß er ist und wie sehr ich mich in ihm wiedererkenne, in Satan, und ich trinke zwei Glas und mampfe Erdnüsse.

Traue ich mich, noch einmal aus dem Fenster zu schauen? Nein, ich gehe ins Bett, obwohl ich nicht müde bin. Ich kann über das hier nicht mit meiner Frau sprechen, aber bei ihr kann ich Geborgenheit suchen. Ich lege mich nackt zu ihr, lege ihr die Hand auf den Bauch, auf unser Kind, sie merkt, dass ich das tue, streichelt meine Hand, im Schlaf.

Ich schließe die Augen, versuche zu vergessen, denke nur daran, dass ich jetzt hier bin und dass alles gut ist. So bleibe ich jedenfalls eine Stunde lang liegen.

Meine Frau schreit wie die Hölle. Sie liegt auf einer Trage. Zwei Krankenwagenfahrer tragen sie und ich renne daneben her. Wir laufen durch lange Gänge, eine Treppe hoch, und die ganze Zeit schreit sie. Wir erreichen die Wochenstation, und da stehen zwei Hebammen, und ein Geburtsarzt und warten schon auf uns. Der Arzt hält eine große Nadel mit Faden an einen riesigen Apparat, er bohrt ihr die Nadelspitze in den Rücken. Sie schreit nicht mehr, sie sinkt nur in sich zusammen, ihr Körper wird schlaff, aber sie ist bei Bewusstsein und kann sprechen. Die anderen drehen und machen an einer Menge von Geräten herum, die sie an ihr befestigen, und dann sagen sie, sie solle einfach locker sein. Überlassen Sie das alles uns, sagen sie.

Meine Frau will, dass ich ihre Hand halte, denn sie hat Angst, also tue ich es und sage, dass alles in schönster Ordnung ist. Halt meine Hand, sagt sie noch einmal, und ich sage, dass ich doch schon ihre Hand halte, aber sie kann nichts spüren, weint sie, und dann fange ich auch an zu weinen, und in Gedanken flehe ich Satan an, dass das alles gut gehen möge!

Zugleich sind die beiden Hebammen mit dem Unterleib meiner Frau beschäftigt. Sie machen sich da zu schaffen, während der Arzt an seinem Apparat herumdrückt. Jetzt bald, sagt die eine, jetzt kommt es. Jetzt kommt das Kind, sage ich zu meiner Frau, jetzt kommt er oder sie, und dann ist alles gut. Nein, sagt meine Verlobte, es wird überhaupt nicht gut. Doch, sage ich und lasse ihre Hand los, ich will sehen, wie das Kind herauskommt. Jetzt kommt es, sagt die Hebamme. Ich sehe es, rufe ich, ich sehe den Kopf. Aber herauskommt nur ein kleines, anscheinend knochenloses Schnitzel. Das liegt dann da und sieht jämmerlich aus, und dann kommt noch eins. Zwillinge, ruft die Hebamme, und dann noch eins, Drillinge, noch zwei, Fünflinge, Sechslinge, ein ganzer Haufen kleiner, mürber Schnitzel in dicker Bratensoße quillt auf die Pritsche. Es ist eine entsetzliche Sauerei. Meine Frau liegt nur da, ganz still, aber wach. Ich fange an zu schreien wie ein Besessener, und dann wache ich auf.

Aber mein Junge, sagt meine Frau. Mein Mann! Es ist Morgen im Hotel Continental, ich lasse mich von ihr trösten, lasse mir von ihr ein Glas Wasser geben, trinke es. Fünf Minuten vergehen, zehn Minuten. Ich bin ruhig und sie steht unter der Dusche. Ich schaue aus dem Fenster. Die Leute sind die üblichen langweiligen. Sie sind in allen Altern, mit allerlei unterschiedlichen Haarfarben, mit und ohne Bart. Sie sind genauso wie immer, ganz normal. Keiner von ihnen ist ich. Nur ich bin ich und ich bin hier. Ich atme nicht erleichtert auf.

Kurz nach Weihnachten treffe ich mich mit der Dreizehnjährigen und mache mit ihr Schluss. Das scheint sie nicht weiter zu beunruhigen. Sie schaut mich nur dumm an, und als ich sie bitte, niemandem etwas von unserem Verhältnis zu erzählen, sagt sie, es sei doch niemals etwas Erzählenswertes geschehen. Ich fahre auch zu meiner Geliebten, nicht zum Ficken, sondern um Schluss zu machen. Ich erzähle ein wenig darüber, wie es mir in letzter Zeit ergangen ist, ohne ins Detail zu gehen, und ich erzähle, dass ich beschlossen habe, ein neues Leben anzufangen. Ich will meine Frau nicht betrügen, sage ich, denn auf die Dauer würde mich das unglücklich machen. Wir beide, meine Geliebte und ich, hatten unsere Momente, das war schön, aber hier ist jetzt Schluss.

Sie kommt mir nicht sonderlich traurig vor, vielleicht ist sie sogar ein wenig erleichtert. Sie gibt mir einen Becher Glühwein und wir ergehen uns ein wenig in Erinnerungen an unsere Beziehung, daran, was wir geteilt haben. Ich kenne sie länger als meine Frau, aber wir haben nie mit dem Gedanken gespielt, ein Paar zu werden. Die Liebe lässt die Zeit verschwinden, sagt sie, und die Zeit lässt die Liebe verschwinden. Nun hat die Zeit der Feierlichkeit uns eingeholt, die Tage nach Weihnachten, der Stern von Bethlehem.

Den Heiligen Abend haben wir bei meiner Familie gefeiert. Es war alles wie immer, mit geräuchertem Lammfleisch, Geschenken und Reispudding mit Mandel. Wie immer habe nicht ich die Mandel bekommen. Wir haben unsere Eheschließung am Heiligen Abend bekannt gegeben, am Ersten Weihnachtstag sind wir zur Familie meiner Frau gefahren und haben sie in unser Geheimnis eingeweiht. Alle waren sauer, weil wir keine große Hochzeit mit allen Schikanen gefeiert haben, vor allem ihre Familie. Aber sie haben uns auch nicht zu sehr zusammengestaucht, und als sie die Nachricht erst einmal verdaut hatten, wurden uns die allerherzlichsten Glückwünsche und Versprechen kommender Hochzeitsgeschenke zuteil.

Und dann ist abermals Silvester. Neue Jahre stehen immer bereit, um die alten zu begraben, aber auch diese neuen schreiten voran mit ihren ewigen Jahreszeiten und vergehen am 31. Dezember. Die Menschheit wird immer älter, aber kaum klüger. Silvester ist ein Abend zum Nachdenken. Man muss reichlich satt und ziemlich angetrunken sein, wenn die Raketen losknallen und den Himmel aufleuchten lassen, und dann muss man positive Gedanken über das kommende Jahr denken und in ferner Wehmut um das Vergangene summen. In diesem neuen Jahr werde ich Vater werden, denke ich, und ich lege den Arm um meine Frau und wünsche ihr von Herzen ein schönes neues Jahr. Um meinen Mund liegt ein Lächeln, und um ihren auch. Ihr Bauch ist sichtlich größer, im Mai/Juni ist es so weit, und es wird unsere Leben *zum Besseren* wenden. Ich glaube, die Menschheit wird immer nur schlechter, aber ich glaube, dass ich, falls ich alle meine Willenskraft aufwende, die negative Grundhaltung meines Lebens in einen neuen Zustand verwandeln kann, der mich bereichert, der dem Leben Sinn gibt und der das fatale Schicksal, das ich bisher für unvermeidlich gehalten habe, überwindet oder sogar transzendiert.

Als meine Frau eines Tages eine Freundin besucht, verabrede ich mich mit Linda. Aus irgendeinem Grund habe ich meiner Frau nichts von Linda erzählt, obwohl zwischen uns nie etwas Unmoralisches passiert ist. Vielleicht habe ich Angst, meine Frau könnte eifersüchtig sein oder es missbilligen, dass ich mit einer Heroinistin befreundet bin, ich weiß es nicht. Jedenfalls ist jetzt so viel Zeit vergangen, dass ich nicht mehr davon erzählen kann. Trotzdem wage ich also, Linda in unsere Wohnung einzuladen, und hier essen wir zusammen zu Mittag. Sie ist freundlich und dankbar, wirkt aber ein wenig weggetreten. Vielleicht hat sie gerade eine miese Phase.

Danach machen wir zusammen einen Spaziergang, ich verabschiede mich, weil ich mit meiner Frau im Frognerpark verabredet bin. Linda nimmt eine Straßenbahn, und meine Frau und ich trinken Kaffee in der Frogner Konditorei, die nicht mehr Frogner Konditorei heißt, sondern einen anderen Namen hat, den ich mir nicht merken kann. Wir sprechen über belanglose Dinge, die meine Frau derzeit interessieren, praktische Dinge, und ich versuche, mich, so gut ich kann, am Gespräch zu beteiligen. Wir gehen in den Supermarkt und kaufen Lebensmittel, ehe wir mit der Straßenbahn nach Hause fahren, aber als wir vor dem Haus stehen, kann ich meine Schlüssel nicht finden. Ich durchsuche mehrmals alle Taschen, aber ohne Erfolg. Die Schlüssel sind verschwunden. Meine Frau wühlt in ihrer Tasche, findet ihre Schlüssel, und wir öffnen die Tür, fahren mit dem Fahrstuhl nach oben und gehen in die Wohnung.

Was uns dort begrüßt, ist ein Scheiß Chaos. Alle Schubladen und Schränke sind aufgerissen worden und unsere Habseligkeiten liegen überall auf dem Boden herum. Der Fernsehapparat ist gestohlen worden, die Stereoanlage, der Schmuck meiner Frau, die CD-Sammlung, alles, was Wert hat, ist verschwunden. Verschwunden sind die Bilder an der Wand, die Küchenmaschine, mein Mac – o Schreck o Graus! – alles ist weg.

Es sieht aus wie die Hölle, und ich weiß natürlich nur zu gut, was passiert ist: Linda hat zugeschlagen. Sie hat meine Schlüssel gestohlen. Es kann keine andere Erklärung geben. Sie hat sich sicher mit irgendwelchen Saftsäcken aus der Drogenszene zusammengetan, hat den Bruch geplant und meine Freundschaft aufs Übelste missbraucht, das alles, um sich ein paar Tagesrationen Dope zu sichern.

Es ist einfach zum Kotzen. Sie hätte mich um Geld bitten können. Ich hätte ihr nach besten Kräften geholfen, aber sie hätte verdammt noch mal nicht herkommen und mich ausrauben dürfen, mich auf diese Weise hintergehen. Ich kann meiner Frau natürlich nichts erzählen, ich muss den Überraschten, Unwissenden mimen. Natürlich hat irgendwer meine Schlüssel gestohlen, das sage ich selbst. Aber wer kann das gewesen sein? Und wo kann es passiert sein? Ich habe keine Ahnung, sage ich. Und als meine Frau entdeckt, dass wertvolle Erbstücke gestohlen worden sind, bricht sie in Tränen aus, und das auf eine so untröstliche Weise, dass ich hilflos und überaus verzweifelt bin.

Ich muss sie bitten, sich zu beruhigen, und ich erinnere sie daran, dass sie schwanger ist, dass es sich bei allem, was verschwunden ist, trotz allem nur um *Dinge* handelt, und kein *Ding* ist unersetzlich. Aber da geht sie wirklich hoch und staucht mich zusammen, indem sie klarstellt, dass diese und jene Brosche durchaus unersetzlich ist, und dass dieses und jenes Schmuckstück ebenso unersetzlich ist – sie sind über Generationen hinweg in ihrer Familie vererbt worden. Und obwohl ich weiß, dass sie gar nicht auf mich böse ist, sondern ihre Wut nur an dem Menschen auslässt, der zufällig in ihrer Nähe steht, fühle ich mich missverstanden, und nun bin ich beleidigt und sauer. Als ich ihr gerade widersprechen will, hat sie auch schon das Telefon in der Hand, sie ruft die Polizei an, um den Einbruch zu melden, und da werde ich natürlich nervös. Während sie spricht, fange ich vorsichtig an, aufzuräumen, aber da schreit sie mich an, ich solle alles liegenlassen. Wir dürfen nichts anfassen. Ich denke, jetzt könnte ich einen Schnaps brauchen, aber ich habe keinen, und deshalb gehe ich auf den Balkon und zünde mir eine Zigarette an.

Ich ziehe den iPod aus der Tasche und stecke die Ohrstöpsel ein, die ich um den Hals hängen hatte. Ich habe gerade eine klassische Phase und höre Rossinis *Stabat Mater*. Ich lasse die Tenorarie laufen, die ich so gern höre. Ich liebe sie ganz einfach. Rossini braucht alle Eleganz, die er sich als Opernkomponist erworben hat, und pflanzt einen neuen musikalischen Samen in den lateinischen Text über die weinende Mutter unter dem Kreuz. Das Ergebnis ist mehr als ergreifend, es ist unmenschlich schön, und ich schließe die Augen und verschwinde in der Musik.

Als ich die Augen wieder öffne, geschieht das nur, um nachzusehen, ob die Welt noch immer dort ist, wo ich sie verlassen habe. Und das ist sie einerseits, aber hinter mir geschieht etwas, in der Wohnung.

Jemand ist gekommen.

Ich stehe auf, um nachzusehen, während der Tenor mir ins Ohr brüllt, und dort steht meine Frau und spricht mit ... Tante Sissel, o nein, die sieht aus, als hätte sie ein UFO entdeckt, und meine Frau steht nur da und glotzt mit einer Miene, wie ich sie noch nie gesehen habe. Am unheilverkündendsten ist der Anblick von Onkel Ragnar, der zu mir unterwegs ist. Er sieht nicht aus, als brächte er gute Nachrichten, um es vorsichtig auszudrücken, er ist so wütend wie nie zuvor in seinem Leben. Vermutlich hat er vor, mir den letzten Rest Scheiße aus dem Leib zu prügeln.

Ich bringe es nicht über mich, die Stöpsel aus den Ohren zu nehmen, aus Angst davor, was ich mir dann wohl anhören muss, denn es kann ja keine Zweifel daran geben, warum Tante Sissel und Onkel Ragnar gekommen sind.

Und jetzt geht die Tür auf.

Ich sehe, dass Onkel Ragnar etwas zu mir sagt, aber ich kann nicht von Lippen ablesen und deshalb nur raten, worum es sich handelt. Ich glaube, eine gewisse Vorstellung davon zu haben, worum es geht. Und jetzt greift er mich an, versucht, mich am Kragen zu packen, aber ich ducke mich weg. Nun will er mit bloßen Fäusten auf mich losgehen, und er stürzt sich auf mich und versucht, mir die Faust in den Bauch zu rammen, aber er trifft nur meine Gürtelschnalle. Mir ist klar, dass das ein besonders schmerzhafter Fehlschlag war. Und jetzt will er mich in der Visage treffen. Ich ducke mich und drehe mich weg, aber er streift meine Wange, und dann trifft er voll meine Nase. Hoch hinauf spritzt das Blut. Und nun erwacht die Bestie in mir. Meine Hände ballen sich wie von selbst zu Fäusten, und ich springe auf und lasse ihn auf mich zustürzen. Ich pariere mit einer geraden Rechten und knalle mein Knie in seinen Magen. Er krümmt sich vor Schmerz.

Ich überlege einen Moment, soll ich die Situation ausnutzen oder nicht? Verdammt, denke ich – oder *wird es in mir gedacht* – und dann setze ich ihm eine mitten in die Fresse, so dass er umkippt. Der Alte ist trotz allem über fünfzig und nicht sonderlich fit. Er hat das Schicksal herausgefordert, als er mich angegriffen hat, und jetzt wird er ausgezählt. Das macht mich aber nicht weiter glücklich, denn in der Wohnung stehen meine Frau und ihre Tante Sissel, und jetzt ist vermutlich alles verloren. Deshalb fange ich an zu heulen – und wie.

Ich ziehe langsam die Stöpsel aus den Ohren und gehe in die Wohnung. Der Blick meiner Frau trieft vor Verachtung. Tante Sissel sehe ich nicht an, ich spüre nur, dass sie da ist. Und dann höre ich auch ihre Stimme. Was hast du mit Ragnar gemacht, schreit sie, aber die Alte stürzt hinaus, um sich um ihren Mann zu kümmern.

Ich habe noch nie so ein enttäuschtes Gesicht gesehen wie das meiner Frau in diesem Moment.

Sie sagt nichts.

Ich sehe ihr nur in die Augen, lange. Oder jedenfalls kommt es mir lange vor, und dann legt meine Stimme los.

Ich rede.

Was ich sage, ist sehr sprunghaft, aber es hat mit meiner Depression zu tun, glaube ich. Ich sage etwas darüber, dass ich versucht habe, mir das Leben zu nehmen, und dann sage ich, dass ich sie liebe, dass ich rein gar nichts kapiere, dass es mir leidtut, dass es draußen arschkalt ist, dass es Linda gewesen sein muss, die die Wohnung ausgeräumt hat, dass ich die Dreizehnjährige gar nicht vögeln wollte, dass es nicht gut gelaufen ist mit dem alten Heini, dem ich damals in der Nacht mit dem Aschenbecher eins übergezogen habe, dass Gunnhild Nilssen aus Balestrand mich braucht, dass ich nicht mit zu der Orgie nach dem Mayhem-Konzert gegangen bin, dass ich Oslo hasse, dass sie in der Hochzeitsnacht so schön war, dass ich nicht mit Linda geschlafen habe, dass Kim Larsen blip-but, Gott, wie tut das gut gesungen hat, wir haben, was wir brauchen, Groß und Klein, ich rede schnell und zusammenhanglos, aber ich glaube, sie bekommt das Wesentliche mit, dass es nicht so schlimm ist, in den Arsch gefickt zu werden, wie man vielleicht meinen könnte, wenn man nur genug Vaseline nimmt, dass ich ihre Masterarbeit über Porphyrios großartig finde, und dass ich endlich Schluss mit meiner Geliebten gemacht habe ... aber dann nehme ich einen schlimmen Schmerz im Bauch wahr.

Ich sehe nach, und es ist Blut, sie hat mir das Messer in den Leib gerammt. Es steckt in meinem Bauch und ich greife nach dem Schaft. Meine Frau ist zurückgewichen, presst sich an die Wand und sieht total verängstigt aus. Ich ziehe langsam das Messer heraus, Blut tropft herab und tut wahnsinnig weh, aber ich lächele, ich halte die Wunde fest und sehe meine Frau an und sage, das mache nichts, mir sei doch klar, dass es nicht so gemeint war, sie sei ja schließlich keine Mörderin, trotz allem, und vielleicht hätte ich es ja so verdient, es sei nicht so schlimm, ich würde schon zurechtkommen, wir würden schon zurechtkommen.

Alles wird gut, sage ich, sowie wir das hier aus der Welt geschafft haben. Ich gehe auf den Gang und ziehe meine Jacke an, die ich über der Wunde zuknöpfe, das Messer stecke ich in die Tasche, ich gehe hinaus ins Treppenhaus und steige die Treppen hinunter. Ich bin ein wenig wacklig auf den Beinen, aber ich falle nicht, ich bringe langsam eine Etage nach der anderen hinter mich. Als ich an die frische Luft hinauskomme, begegnet mir die Polizei. Sie wollen nach oben und sich den Einbruch ansehen. Das geht mich nichts an, ich gehe hinaus auf die Thereses gate und weiter zum Hochschulzentrum. Ich steige in die Straßenbahn nach Majorstuen, ohne mir eine Fahrkarte zu kaufen. Ich will die Stichwunde in meinem Bauch nicht ansehen, ich mag kein Blut sehen. Ich mag auch nicht an Blut denken, deshalb stecke ich mir die Stöpsel in die Ohren und drücke auf den iPod. *Stabat Mater* geht weiter. Ich denke, dass dieses Drama, in das ich mich hier verwickelt habe, nur wenig mit der Trauer der Jungfrau Maria unter dem Kreuz Christi zu tun hat.

Ich bleibe in der Straßenbahn sitzen, bis sie in Majorstuen anhält, um dann kehrtzumachen.

Es kommt mir nicht natürlich vor, sitzen zu bleiben, wenn alle anderen aussteigen, deshalb steige ich auch aus, überquere die Kreuzung vor der Bahnstation und gehe zum Lokal Valka, denn jetzt ist alles zu Ende, alles ist vorbei, mehr wird es nicht geben.

Die Kellnerin steht mitten im Lokal und ich bitte um einen Halben.

Ich bin wohl nicht ganz bei mir. Obwohl ich immer schon ein total unvorhersagbares Sackgesicht gewesen bin und das noch lange bleiben werde, bin ich das jetzt auf eine Weise, in der ich mich nicht so ganz wiedererkenne. Meine Stimme zittert ein wenig, hier im Valka zittert sie, und sie zittert auf neue Weise, hier, wo die ärgsten Elendsgestalten die Stammkundschaft bilden, hier bebt meine Stimme anders als je zuvor.

Ich setze mich nach ganz hinten ins Lokal, und sowie ich mein Bier bekommen habe, schütte ich es gierig in mich hinein.

Ganz vorn am Eingang sitzen eine heruntergekommene Frau und ein Typ. Sie führen eine Art Gespräch, aber ich bekomme nicht mit, was sie sagen. Etwas näher sitzt ein alter Opa und starrt ins Nichts. Auf dem Tisch vor ihm steht ein unberührtes Bier. Er scheint sich nicht sonderlich wohlzufühlen, aber im Moment ist mir das scheißegal.

Eins gefällt mir am Valka, nämlich, dass hier keine Musik läuft. Wir hören Reste der Stadtgeräusche von draußen, ab und zu die Schritte der Kellnerin und die eventuellen Gespräche im Lokal. Über der Eingangstür läuft ein Fernseher, aber zum Glück ist der Ton weggedreht, der Fernseher zeigt ein Fußballspiel, aber ich war noch nie von Fußball oder einem anderen Sport fasziniert, und ich sehe keinen Grund, mich jetzt dafür zu interessieren.

Die Schmerzen in meinem Bauch sind inzwischen erträglicher. Vermutlich liegt das am Bier. Wenn die Kellnerin kommt, werde ich noch eins bestellen. Da kommt sie. Wir bekommen Blickkontakt und als sie das leere Glas aufhebt, fragt sie, ob ich noch ein Bier möchte. Ich nicke. Als sie in der Küche ist, ziehe ich das Messer hervor und lege es neben mich auf die Bank. Es sieht beängstigend aus, denn es klebt noch immer Blut daran – mein Blut.

Da kommt das Bier. Muss bezahlen.

Der Opa starrt noch immer ins Nichts. Er ist entweder hypnotisiert oder blau. Er rührt sein Bier nicht an. Die beiden an der Tür setzen ihr Gespräch fort. Ich greife wieder zum Messer, halte es gut sichtbar vor mich, aber niemand sieht es. Ich schiebe es unter meine Jacke, gut versteckt, trinke einen lllllangen Schluck Bier, und dann fasse ich meinen Entschluss. Ich fülle meine Lunge mit Luft, es tut weh, aber ich halte den Atem an, und dann bohre ich das Messer zwischen zwei Rippen und ins Herz. Ich beiße die Zähne zusammen und krümme mich vornüber, ersticke den Schmerzensschrei, der auf diese Weise zu einem Grunzen wird. Mein Kopf fällt auf den Tisch.

Alles ist weiter weg, aber ich lebe noch immer, glaube ich. O ja.

Der Opa sitzt weiterhin ganz ruhig da. Sein Bier glänzt und rührt sich nicht. Und dann fällt mir Gunnhild Nilssen in Balestrand ein. Was in Dreiteufelsnamen soll jetzt aus ihr werden? Ich muss ihr doch ein Zeichen geben. Kann nicht einfach verschwinden, ihre ganze Karriere als Schriftstellerin ruinieren, ohne ihr eine Erklärung zu geben.

Ich rufe den Opa. He, Scheißopa, rufe ich, aber er rührt sich nicht, und ich kann den Kopf nicht vom Tisch heben. Ich rufe noch einmal, will ihm eine Aufgabe übertragen, ihm den Namen von Gunnhild Nilssen geben, die in Balestrand wohnt. Er soll zu ihr gehen und sagen: «Vergib mir. Aber von nun an musst du deinen Scheiß selbst schreiben!»

Ich rufe wieder, jetzt lauter, mit aller Stimme, die ich habe, aber vor mir dreht sich alles und der Opa rührt sich nicht. Die beiden an der Tür dagegen haben mich gehört und wollen wissen, was los ist. Ich will nicht mit ihnen reden, ich will nur mit dem Opa reden. Und sie sprechen nun wirklich den Opa an. Gunnar, sagen sie. Stimmt was nicht, fragen sie, und dann geht die Alte zu ihm und schüttelt ihn. Gunnar, stimmt was nicht, schläfst du? Sie stupst seine Schulter an und er kippt auf dem Sofa um. Die Alte sieht mich an, erschrocken, dann den Mann, mit dem sie zusammen ist.

Er ist tot, ruft sie, er ist tot! Und jetzt kommt auch die Kellnerin. Wie lange sitzt er schon so da? War er schon tot, als ich gekommen bin?

Nein, jetzt verschwinden alle Menschen. Plötzlich ist es leer. Nicht nur menschenleer, auch die Möbel, die Decke verschwinden. Ich sehe die Sonne oben am Himmel. Ich hebe den Kopf. Die Tür wird geöffnet. Jemand kommt, Huang, sie sieht mich liebevoll an, bittet mich zu kommen, ich stehe auf und will kommen, denn sie und ich, wir gehören zusammen, das war immer schon so, das Schönste im Leben sind trotz allem die Illusionen über das Leben, so sagt man in Japan, sagt sie. In Japan, ja, ach ja, sage ich – ach ja.

Anmerkungen

Nynorsk: Norwegische Schriftsprachenvariante, die von einer Minderheit im Land benutzt wird. Bei denen, die die Mehrheitsvariante benutzen, gilt Nynorsk einerseits als poetischer, andererseits aber auch als altmodisch und der modernen Zeit nicht ganz gewachsen, weshalb Nynorskdichtende gern als verschroben und kurios dargestellt werden.

Karl Johan: der Osloer Prachtboulevard, an dem Parlament und Königsschloss gelegen sind. Vollständiger Name ist Karl Johans gate, aber alle Welt sagt immer nur Karl Johan.

KOPFSCHUSS
OLIVER DREYER

An seinem 18. Geburtstag erledigt Mathias erst den Abwasch, dann etliche Mitschüler und Lehrer. Auf der Abschussliste: fünf Arschlöcher.
Die sollen büßen!
Für das, was sie ihm angetan haben. Was er nicht ahnt: Es gibt noch eine Todesliste. Mit seinem Namen darauf ...

Aus der Perspektive des Amokläufers verwischt Oliver Dreyer die Grenzen zwischen Täter und Opfer, Fantasie und Realität – verstörend.

KOPFSCHUSS
OLIVER DREYER

Taschenbuch (TB)
12 x 18 cm, 176 Seiten
ISBN: 978-3-86608-143-7
9,95 Euro [D]
10,30 Euro [A]